Lisi Schuur
und
Eike M. Falk

Die Dschungelprinzessin

Herstellung und Verlag:
BoD - Books on Demand, Norderstedt
ISBN 978-3-7431-4070-7

Die Dschungelprinzessin

Ich stelle mir mal vor, dass ich eine schöne indische Prinzessin bin. Ich lebe in einem Palast, der mitten im Dschungel steht.

Ein richtig großer Dschungel ist das, mit ganz vielen wilden Tieren darin, und schönen jungen Prinzen. Und die wilden Tiere und die Prinzen streifen in dem Dschungel umher, ich weiß auch nicht warum.

Ich aber sitze in meinem schönen Palast und schaue hinaus in die Welt. Und die Welt ist groß und bunt.

In meinem Palast darf es keine Fenster geben. Es steht alles offen, denn in dem Dschungel, in dem mein Palast steht, ist es unglaublich heiß. Da zählt jedes bisschen Wind. Und der weht auch nicht immer. Dafür habe ich dann meine Sklavinnen. Die fächern mir zu mit großen Wedeln aus Pfauenfedern. Ich habe viele Sklavinnen, und sie sind alle ausgesucht schön. Selbstverständlich ist keine so schön wie ich. Aber was rede ich, es ist ja ganz ausgeschlossen, dass da eine wäre, die so schön ist wie ich. Selbst andere Prinzessinnen, von denen ich gehört habe, dass es sie geben soll, sind nicht so schön wie ich. Das ist eine unumstößliche Tatsache. So

hat es mir der Wesir erzählt. Und es gibt keinen Menschen auf der Welt, der so klug und wissend ist wie er.
Weil es in meinem Palast keine Fenster gibt, springen die kleinen lustigen Äffchen darin umher.
Die klugen Beos sitzen in den Nischen und erzählen mir spannende, manchmal auch etwas gruselige Geschichten von Gespenstern und Riesenschlangen.
So kommt keine Langeweile auf. Und wenn es mir einmal zu heiß werden sollte, rufe ich meine Freundin, die Elefantin Shakti herbei. Shakti, das heißt: die Große. Und groß ist sie. Und klug. Ganz so klug wie der Wesir, möchte ich meinen, vielleicht sogar noch klüger, aber das werde ich dem Wesir ganz bestimmt nicht auf die Nase binden. Shakti versteht mich, und ich verstehe sie. Wir sind die besten Freundinnen.
Auf ihrem Rücken reite ich hinunter zum Fluss um ein Bad zu nehmen. Das wird mich erfrischen. Heute ist es nämlich ganz besonders heiß.
Und während ich im Wasser herumplansche schaut mit etwas Glück ein hübscher junger Prinz vorbei.
Wenn es nur kein Tiger ist.
Oder - halt - da kommt mir eine viel bessere Idee ...

Wenn es nun zuerst der Tiger wäre, der mich fressen möchte ...
Schon hat er sich vor mir aufgerichtet und ...
Doch dann, genau in dem Augenblick wo der Tiger losspringen möchte, stürzt ein mutiger, wunderschöner junger Prinz aus dem Gebüsch und schlägt das Biest in die Flucht.
Und zur Belohnung, aber das muss ich mir noch sehr genau überlegen, bekommt er dann einen Kuss von mir.

Prinzen küssen, oder ...

Also, ich hab es mir überlegt.
Das mit dem Prinzenküssen meine ich.
Es ist ja so, dass ganz viele Prinzen hier herumlaufen.
Und es ist ja wohl selbstverständlich, dass mich, die ich ja die Schönste bin, jeder aus den Klauen des Tigers errettet.
Es sind außerdem mindestens fünf Prinzen schön. Die hab ich selbst schon gesehen.
Da hab ich ja nun wirklich keine Lust, mich sofort für einen zu entscheiden.
Da muss er schon etwas mehr tun.
Nur so erretten, ist zu wenig. Ich meine, natürlich ist es viel.
Nur werde ich nicht jeden dafür küssen.
Es muss schon einer sein, der noch was anderes drauf hat.
Erretten und singen können, beispielsweise. Erretten und Sieger im Feuerlaufen. Sowas ähnliches jedenfalls.
Das sollte er schon unter Beweis stellen.
Dann sieht das mit dem Kuss schon anders aus.
Aber, zunächst muss mich ja mal ein Tiger anfallen.
Wobei Shakti vorhin bemerkte, an mir würde sich jeder die Zähne ausbeißen. Also wäre ich vor Annäherungsversuchen sicher.

Ob das auch für Tiger gilt, wusste sie auch nicht.
Da bin ich ja wirklich gespannt, wen ich mal küsse.
Obwohl, ich hätte große Lust dazu.
Aber ich kann ja schlecht ein Plakat malen, auf dem drauf steht:
Ein wirklicher Held wird von mir geküsst.
Ich meine, die Idee ist nicht schlecht. Aber was sollen die Affen von mir denken.
Sie grinsen mich jetzt schon so an. Als wüssten sie, was ich denke.
Aber Affen sind sowieso klug. Ihnen kann man nichts vormachen.
Sie strecken dir vorne die Zunge raus, und zeigen dir hinten ihren Allerwertesten.
Mmmh, das tut gut, sich im kalten Wasser zu erfrischen.

Magar, das Krokodil

So, ich bin also am Plantschen, und meine Lieblingssklavinnen mit mir. Ich bin da gar nicht so. Irgendjemand muss mir ja auch den Schirm halten, wenn ich aus dem Wasser steige, damit die Sonne mich nicht verbrennt, jemand muss mich mit dem Handtuch erwarten, jemand das Fläschchen mit dem Kokosöl halten, jemand anderes muss es mir in die Haut einmassieren, na, undsoweiter ...
Aber erstmal sind wir im Wasser, alle miteinander, Ball spielen.
Der Ball fliegt hin und her.
Schließlich ist eine unachtsam gewesen (Ich? Nein, ich bin das nicht gewesen. Niemals!), der Ball ist mitten auf den Fluss geflogen und hat sich in einem Baumstamm verhakt, der da gemächlich auf dem Wasser treibt.
Nein. Halt. Das ist doch gar kein Baumstamm. Magar ist das, niemand anderes als Magar, das Krokodil.
"Magar, du alter Schuft", ruf ich über den Fluss, "bring sofort den Ball hierher!"
Und tatsächlich, er tut es. Schiebt den Ball mit seiner Schnauze vor sich her, und kommt auf mich zugeschwommen.

Nanu, denk ich, ist der über Nacht ein Schmusehäschen geworden, oder steckt was dahinter?
Da hat er mir schon den Ball in die Arme geschnippt.
"Brav, Magar, brav", sag ich, "was bist du doch für ein guter Junge."
Doch der sperrt nur seinen Rachen auf und zeigt seine tausend spitzen Zähne.
"M-e-h-n-s-c-h-e-n-f-l-e-i-h-s-c-h!", faucht er.
Von wegen.
"Fällt dir denn gar nichts anderes ein? Dieser Fluss gehört zu meinem Königreich, und hier wird kein Menschenfleisch gegessen. Wie oft muss ich dir das denn noch sagen?"
"M-e-i-h-n F-l-u-s-s!"
"Von wegen. Meiner ist das, und darum bist du mein Untertan und hast zu tun, was ich dir sage."
"A-h-b-e-r ..."
"Kein Aber. Dies ist ein ganz wunderprächtiger Fluss mit den schönsten und köstlichsten Fischen der Welt darin. Und von denen darfst du gerne etwas abhaben."
"A-h-b-e-r m-e-i-h-n-e F-r-a-u h-a-t g-e-s-a-g-t ..."
"Was hat deine Frau gesagt?"

"D-i-e K-i-h-n-d-e-r ..."
"Ah, da hab ich dich ertappt! Gar nichts hat deine Frau gesagt. Und was für Kinder? Dort drüben liegen eure Eier im Sand, und ich will mal hoffen, dass die Temperatur stimmt, und nicht solche Holzköpfe wie du herausschlüpfen, sondern lauter kluge Krokodilmädchen, wie deine Frau eines ist."
"M-e-h-n-s-c-h-e-n-f-l-e-i-h-s-c-h!"
"Nun reißt mir aber die Geduld!", ruf ich, und will schon mit dem Fuß aufstampfen (das wirkt immer), als sich plötzlich wie von unsichtbarer Hand eine Schnur um Magars Schnauze wickelt und mit zwei sauberen Doppelschleifen verknotet wird.
Nanu?
Ich dreh mich um.
Da steht ein spindeldürres Männlein da. Einen viel zu großen safrangelben Kaftan hat es an, den Kopf von einem riesigen roten Turban geziert.
Das Männlein überkreuzt die Arme vor der Brust und geht in eine tiefe Verbeugung.

Gautam, der Fakir

"Namaste. Ich bin Gautam, der Fakir. Und ich befreie dich von dem Krokodil, wenn du willst."
"Was soll das denn? Entknote den armen Magar sofort."
Magar verdreht die Augen. Ist doch klar. Würde jeder machen, wenn ihm die Schnauze zugebunden wird.
Das dürre Männchen, oh Verzeihung, Gautam, verbeugt sich schon wieder.
"Wenn ich das Krokodil haben dürfte, das wäre sehr gütig. Ich bete auch für dich."
Also, ich lasse mich doch nicht einfach so duzen. Wenn hier einer duzt, bin ich es.
"Für dich, Gautam, bin ich Sie. Und nicht du."
"Das weiß ich", sagt Gautam und lächelt etwas verstört. "Ich bin ich", sagt er, " und du bist Sie. Ist gut. Und wo ist du?"
Das wird mir langsam zu dumm.
"Wie gesagt, Magar losbinden. Und er bleibt hier im Fluss. Er wird nicht verschenkt.
Ich brauche ihn als Balljunge. Für was willst du ihn eigentlich haben?"
Gautam macht sich am Seil zu schaffen.
"Ich hätte mit ihm Tricks einstudiert. Die Leute sind so unzufrieden geworden. Sie

erwarten ständig neue Sachen von mir. Ich hätte zum Beispiel meinen Kopf in seinen Rachen gelegt."
"Uuuuh, das ist nicht schlecht. Das könntest du mir ja mal vorführen. Und dem ganzen Palastpersonal."
"Magar, was sagst du dazu? Und fang jetzt nicht wieder an zu spinnen. Es gibt kein Menschenfleisch für dich. Basta. Es wäre doch eine schöne Abwechslung. Einmal Balljunge und einmal Kopfableger."
Gautam kommt aus dem Verbeugen nicht heraus.
Dabei hat er das doch gar nicht nötig, so als Fakir.
Das sind doch richtige Magier. Und besonders wenn sie Schwerter schlucken und Kobras beschwören.

Ein WahrheitSprecher

"Also, das war ja schon mal nicht schlecht", sage ich und reiche Gautam die blutstillende Watte.
"Das wird schon wieder ...", tröste ich, "Magar kann halt manchmal arg garstig sein."
"Das war aber auch ..."
"Jedenfalls hat es uns alle ganz wunderbar gegruselt."
"Meine Kobras hätten das nie getan."
"Du hast es ja gesagt. Kobras beschwören kann jeder."
"Hab ich das gesagt?"
"Na ja, so ungefähr."
"Oh Mann!"
"Nun hab dich mal nicht so. Jemand, der Schwerter schluckt, muss das ab können."
"Kann ich ja auch."
"Und was kannst du noch?"
"Den berühmten Seiltrick."
"Prächtig. Und was noch?"
"Ich kann auf Nagelbrettern liegen."
"Wunderbar. Und was noch?"
"Ich kann Märchen erzählen."
"Es wird ja immer besser. Also einen Märchenerzähler könnte ich schon gebrauchen. Die Beos wissen ja eine ganze

Menge, aber ich wette, du weißt noch ein gutes Stück mehr."
"Oh ja, unbedingt. Ich bin weit herumgekommen, und kann dir bestimmt nützlich sein."
"Okee. Du bist engagiert."
"Wahrsagen kann ich auch."
"Wahrsagen? Du meinst, du bist jemand, der die Wahrheit spricht?"
"Nun ja, äh, sag bloß, du weißt nicht, was ein Wahrsager ist."
"Hab ich doch gesagt: jemand, der die Wahrheit spricht. Das tust du doch, oder?"
"Äh, ja, doch, schon ... ich meinte aber eigentlich, dass ich jemand bin, der dir die Zukunft vorhersagen kann."
"Echt, jetzt?"
"Na klar, versteht sich."
"Das möchte ich aber wissen."
"Du kannst mich gerne auf die Probe stellen."
"Na schön. Wollen wir doch mal sehen ..."
Ich kräusele die Stirn. Das kann ich gut (sehr possierlich auf jeden Fall).
"Also ... dann sage mir doch mal, wer als nächster ins Zimmer kommt."
"Ein kleines Äffchen natürlich."
Ein kleines Äffchen kommt ins Zimmer gesprungen.

"Na schön. Aber das war jetzt nicht schwer zu erraten gewesen. Die kommen ja alle Naslang ins Zimmer gesprungen. Das gilt nicht. Also: Wer kommt jetzt?"
"Ein kleines Äffchen natürlich."
Schon wieder kommt ein Äffchen ins Zimmer gesprungen.
"Na ja. Das war jetzt Zufall. Der ist einfach nur dem anderen hinterher. Nein, du musst es mir nochmal sagen. Wer kommt jetzt?"
"Jetzt kommt ein Äffchen, das einen Purzelbaum schlagen wird."
Ein Äffchen kommt ins Zimmer gesprungen, schlägt einen Purzelbaum, und rennt den anderen hinterher.
"Boah! Das war jetzt aber richtig gut. Gautam, ich bin froh, dass ich dich engagiert habe. Und über die Zukunftguckerei müssen wir uns noch ausführlich unterhalten."
"Könnte ich noch etwas blutstillende Watte haben?"

Gottvoll

Also, mal ehrlich. In die Zukunft gucken gefällt mir.
Mit den Affen vorhin, bin ich mir nicht so sicher. Vielleicht steckt er mit ihnen unter einer Decke. Denn, wer die Zukunft weiß, kann auch mit Affen unter Decken stecken. Klare Kiste.
"Sag mal, Gautam, mit den Menschen, klappt das auch so zukunftsmäßig?"
Gautam betupft sich immer noch mit der Watte.
"Bestimmt klappt das. Ich bin nicht umsonst ein Fakir. So einer steht ungefähr in der Reihe der Götter."
Meine Güte, das ist ja allerhand. Götter kenne ich. Die haben allerhand drauf.
Da werd ich ihn doch gleich mal fragen, was mich so erwartet.
Das ist ja Spannung pur. Eine echte Aufregung ist das.
Aber wehe, wenn es nicht stimmt.
Dann werd ich aber sauer.
"Auaaaah!"
Typisch.
Sushila, eine meiner Sklavinnen hat nicht aufgepasst. Und haut mit dem Fächer an Gautams Kopf.
"Sushila! Pass auf. Wir brauchen ihn noch."

Sushila. Jedes Mal wenn ich den Namen spreche, kommt mir Sushi in den Sinn.
So wie jetzt.
Da fällt mir auf, was ich für einen Hunger hab. Später.
"Gautam, hör jetzt mal auf zu jammern. Es geht los.
Du kannst deine Gottesfähigkeit unter Beweis stellen."
Gottesfähigkeit. Was mir alles einfällt.
Der Wesir findet meine Sprache anscheinend auch mindestens hervorragend.
Nicht umsonst nennt er sie gottvoll.
Zum Glück kommt mir gerade noch ein Gedanke.
Dafür, dass man die Zukunft erfährt, sollte man vorbereitet sein.
Es gehört sich, ihr wohlangezogen zu begegnen.
Also. Ich muss mich umziehen.

Der Ko-ah-föhr

Ich habe natürlich ein Ankleidezimmer. Und zwei Garderobenzimmer. Und eine erste, zweite, dritte und vierte Anzieh-sklavin.
Ich habe auch ganz viele Spiegel.
Einer spricht sogar zu mir.
Das heißt - sprechen ist eigentlich übertrieben. Eigentlich sagt er immer bloß: "Frag mich was, frag mich was ..."
Den Teufel werde ich tun.
Wenn man anfängt mit Spiegeln zu quatschen, wird man sie nicht wieder los.
Das ist wie mit Frisören.
Einen Frisör habe ich natürlich auch.
Er nennt sich aber Coiffeur.
Ko-ah-föhr.
Und er redet ohne Unterlass, ohne Luft holen zu müssen.
Ich hab mir sogar schon mal überlegt ob ich nicht mal eine Ausnahme machen und ihn Magar überlassen sollte. Ich meine, ein Ko-ah-föhr ist ja streng genommen kein Mensch.
Ich fürchte nur, dass Magar sich den Magen verderben könnte.
Der Ko-ah-föhr riecht nämlich sehr streng.

Mit dem Zeug, mit dem er sich einpüstert, kann er mir weg bleiben. Das habe ich ihm gleich gesagt.
Aber andere Länder, andere Sitten, wie der Wesir immer sagt.
Der Ko-ah-föhr kommt von ganz weit weg.
Aus einer Stadt namens Paris.
Er hat es mir mal aufgeschrieben.
Es wird aber ganz anders gesprochen.
Pah-ri.
Ich hab ihn gefragt, ob da lauter Parias wohnen. Da ist er aber beleidigt gewesen.
Pah-ri sei der Nabel der Welt, hat er gesagt.
Da täuscht er sich aber gewaltig.
Der Nabel der Welt bin ich.
Da fällt mir ein - ein neues Nabelpiercing könnte ich auch anlegen.
Um die Zukunftsschau gebührend begehen zu können.
Ich werde mal die Nabelpiercingverwalterin kommen lassen.

Ein Prinzessinnenkleid

Hat lange gedauert. Aber die Schönheit braucht eben Zeit.
Und mein Bauchnabelpiercing ist allererste Sahne.
Drei verschieden große Glitzersteine, um nicht Brillanten zu sagen.
Und mein langes Haar wird von einer goldenen Spange gehalten.
Einseitig. Auf der anderen Seite fällt es mir ins Gesicht.
Ich hab es mir ganz einsprühen lassen. Von meinem Coiffeur.
Es ist ein Glitzerspray.
Er sagt. Die reichen Damen tragen es in Paris. Es macht sie schillernd. Sagt er.
Also bitte. Das ist doch genau das Richtige für mich.
Schließlich bin ich ja reich genug. Ich muss es haben.
"Und Schiller passt hervorragend", sag ich zu meinem Haarkünstler. Und der sagt, weil er immer das letzte Wort haben muss: "Göte auch."
Und ich sag: "Her damit."
"Die liegen längst in der Kiste", antwortet er. Und ich: "Wie, was, Sprays im Sarg?"
Und er sagt: "Oh, nein, wieso Sprays? Es sind Dichter."

Und ich so: "Wie bitte? Ein Dichter als Spray?"
Und dann klärt er mich auf, und buchstabiert Goethe. Also kein ö sondern oe und ein h nach dem t. Und es wären Deutsche, sagt er.
Jetzt also bin ich noch wunderschöner als sonst.
Ich trage ein Prinzessinnenkleid, das ist türkis.
So ein unentschiedenes. Das liebe ich manchmal.
Nicht so oder so. Sondern anders.
Gemischt.
Aber meine Schuhe sind immer passend dazu.
Also hundertprozentig.
Da haben meine fünf Schuheinkäufer genug zu tun.
Einer von ihnen sagte, man könne die Farben ja anpassen.
Das ginge auch.
Aber nix da. Damit geb ich mich nicht zufrieden. Anpassen sollen andere. Ich nicht.
"Es muss hundertprozentig sein."
Er schaute mich ungläubig an.
"Nein, zweihundertprozentig will ich es haben!"
Hab ich gerufen. Das ist ein Trick von mir.

Wenn sie es nicht hinkriegen - und sowas kann man gar nicht hinkriegen - dann schaffen sie es wenigstens halb.
Haha! Und dann sind es hundertprozent!
So. Meinen herrlichsten Schmuck habe ich außerdem angelegt.
Und mich vor den Spiegeln hin und hergedreht hab ich mich. Vor allen.
Mein Gott. Ich bin die schönste Prinzessin.
Ist ja klar. Wollte ich aber nur noch mal sagen.
"Gautam! Es kann losgehen."

"Ja. So. Eigentlich ... was wollte ich doch gleich sagen ...?"
"Du wolltest sagen, dass ich die liebreizendste Prinzessin der Welt bin, aber ich sehe schon - dir hat es die Sprache verschlagen, mein lieber Gautam. Dann will ich doch mal beginnen und dir erklären wie ich mir das mit der Zukunft so vorgestellt habe. Die Geschichte von der Entführung der Prinzessin Sita kennst du doch, oder?"
"Das Ramayana? Aber selbstverständlich. Jedermann in Indien kennt es. Erst kürzlich hatte ich die Ehre es dem Radscha von Bangalore in 3333 Nächten vortragen zu dürfen."
"3333 Nächte? Das macht ja ... geteilt durch ... also nein, lieber Gautam, nein, so viele Finger kann ja kein Mensch haben, um auszurechnen wieviele Jahre das sind. Nein, soviel Zeit haben wir nicht. Aber du weißt ja nun, worum es geht. Um den Dämon natürlich, der sich in mich verliebt. Es muss natürlich ein ganz fürchterlicher und furchtbar mächtiger Dämon sein. Er bräuchte ja nicht gleich zwanzig Arme zu haben, zehn würden mir auch schon genügen, also, zehn sind doch schon eine

ganze Menge, nicht? Nein, nein, du brauchst jetzt gar nicht so mit den Schultern zu zucken, also zehn Arme, dabei bleibt es, und ein flammendes Angesicht und gar noch Feuer spucken, das braucht er auch nicht, ich meine, da würde am Ende gar mein Kleid in Flammen aufgehen, also, das geht gar nicht, aber, natürlich, etwas Absonderliches sollte es schon haben, sein Gesicht, eine Nachtohreule, ja, genau, Nachtohreulen, die finde ich niedlich, mit ihren Puschelohren, also, beschlossene Sache, er bekommt ein Nachtohreulengesicht, und Flügel, mächtige Schwingen, und er ist über alle Maßen verliebt in mich, doch ich weise ihn zurück, da gerät er ganz in Rage und packt mich mit seinen zehn Armen, schwingt sich auf mit rauschendem Flügelschlag, und fort trägt er mich in sein eisiges Reich hoch in den Bergen, und auf dem höchsten Gipfel der Welt hat er seine Hauptstadt errichtet ... nun zappele doch nicht so ... siehst du, nun hast du mich ganz aus dem Konzept gebracht ... was wollte ich doch gleich sagen? Der höchste Gipfel der Welt ... nein, oh Schreck, da müsste ich ja erfrieren, das kommt überhaupt nicht in Frage, also Planänderung, er entführt mich ans Meer, natürlich, dass ich nicht gleich darauf gekommen bin, ans Meer, dorthin,

wo es am Schönsten ist, dort steht sein prächtiger Palast, mit einem Blick hinaus auf die Korallenbänke, wo die Delfine und die fliegenden Fische um die Wette springen. Und ich würde mir jeden Tag einen neuen Bikini anziehen ... Gautam? Du weißt doch, was ein Bikini ist?"
"Gewiss ... hochverehrte Prinzessin, wenn ich vielleicht einwenden dürfte ..."
"Aber ja, aber ja, ich verstehe dich ... nun wackele doch nicht so mit dem Kopf ... du denkst, ich hätte die Hauptsache vergessen, den Prinzen, nein, habe ich nicht, darum liege ich doch am Strand, in meinem Bikini, liege unter dem Sonnenschirm auf meiner Luftmatratze, und werfe schmachtende Blicke, damit er mich auch gleich erkennt, wenn er zu meiner Rettung eilt.
Den Prinzen zu finden, liebster, bester Gautam, das wird nun deine Aufgabe sein. Du weißt schon, worauf es ankommt, er muss der schönste und tapferste Prinz sein, er sollte nach Rosenöl und Sandelpaste duften, er ... nein, ich werde dir da noch genaueste Instruktionen erteilen. Reich braucht er nicht unbedingt zu sein, ich könnte ihm meine Shakti leihen, wenn er auszieht mich zu befreien, ein armer Prinz, das ist romantischer, aber einen eigenen

Elefanten sollte er vielleicht doch haben, einen Elefantenbullen, wir wollen ihn einmal Akbar nennen, Akbar, den Großen, denn selbstverständlich wird es der größte und mächtigste aller Elefantenbullen sein, und Akbar und Shakti werden sich ineinander verlieben, es kann ja gar nicht anders geschehen, und unterwegs werdet ihr Schätze finden ohne Zahl, und dann wird es auch kein armer Prinz mehr sein, und du kommst natürlich mit, du darfst auf Shakti reiten, und du wirst als Berater und oberster Feldherr des Prinzen fungieren, einige Affen könnt ihr euch auch mitnehmen, als Kundschafter und Küchengehilfen, also, was zappelst du denn da so rum, das macht mich ganz nervös, dabei hatte ich dir doch noch etwas wichtiges mitzuteilen, aber ja, das Wasserbelustigungsfest, morgen bereits findet das große Wasserbelustigungsfest statt, da kommen alle Leute aus dem Dorf herbei, und die Priester und Priesterinnen aus den Tempeln, und du könntest mit Magar einige Kunststücke einstudieren, und mit dem Nagelbrett auf dem Wasser treiben, denn alle, alle werden auf dem Wasser sein, in ihren Booten, an denen Lampions hängen, und ein Feuerwerk wird es geben, aber nun sage doch auch mal was, also wirklich, du bist doch nicht etwa auf den Mund gefallen, oder hast du aus Versehen einen Ballen von der blutstillenden Watte in den Hals bekommen, so, also, nun lass mich doch mal ..."

Gautam ist völlig durcheinander.
"Also das Wasserbelustigungsfest findet statt. Aber ich muss doch nichts mit Magar machen. Oder? Ich meine, ich kann noch so viele andere Tricks. Ich könnte Karten spielen mit Delfinen oder Scherbenlaufen. Aber bitte nichts mit Magar. Mein Kopf tut mir immer noch weh."
"Hör mal, mein bester Gautam, und ich kenne wirklich keinen besseren, das kannst du mir glauben. Ich trau dir alles zu. Du schaffst das. Wer sonst? Natürlich was mit Magar. Ich lege Wert auf besondere Attraktionen. Und du hast außerdem genug Zeit mit ihm zu üben. Es ist ja erst morgen so weit. Und sowas wie Kartenspielen kannst du gleich vergessen. Das ist ja nun wirklich stümperhaft. Die kleinsten Kinder spielen schon Karten. Du könntest höchstens einen Delfin dazu bringen, seinen Kopf in Magars Rachen zu stecken. Das wär's. Da würde ich dich glatt befreien von der anderen Aufgabe. Dann wär dein Kopf in Sicherheit. Also, was sagst du?"
Der arme Gautam. Jetzt schwitzt er noch mehr. Er weiß, wie es ausgeht. Seine Hände wringen sich gegenseitig aus.

Kein Fakir der Welt kann einen Delfin zu so was bringen. Dafür sind sie viel zu klug.
Das bedeutet aber, dass er...
"Wenn ich vielleicht noch einen Vorschlag machen dürfte."
Gautam verbeugt sich schon wieder. Sein Kaftan ist ihm seitlich heruntergerutscht. Das sieht nun wirklich nicht gut aus.
Genau wie sein Turban. Den muss er während der Verbeugungen immer festhalten, dass er ihm nicht in die Augen fällt.
"Sollte ich mich nicht besser sofort auf den Weg machen, nach einem Prinzen zu suchen? Jeder Tag zählt. Ich meine, nicht dass sich der tollste Prinz in eine andere wunderschöne Prinzessin verliebt."
Erwartungsfroh sieht er die Prinzessin an.
Die stampft mit dem Fuß auf. Ihre Augen funkeln. Sie ist sowas von wütend.
"Aus den Augen!", ruft sie. "Wie kannst du es wagen? Es gibt keine andere wunderschöne Prinzessin. Ich bin die einzige. Das weiß jeder. Wieso weißt du das nicht?
Und du wirst auf jeden Fall einen Trick mit Magar vorführen. Und mich lässt du schweben.
Das können doch alle Fakire. Und ich werde über Magar schweben, während du deinen Kopf in seinen Rachen legst. Was

sagst du nun? Das ist ja wohl der Knaller schlechthin.
Und wenn du das schaffst, werde ich dir den Ausrutscher von eben verzeihen.
Aber nur dann. So. Nun geh. Und fang an mit Magar zu üben."

Sushi, komm doch mal her!

Also schön. Also gut. Ich gebs ja zu. Manchmal kann ich schon eine recht garstige Prinzessin sein.
Aber selber schuld. Mir mit anderen Prinzessinnen kommen zu wollen. Mir!!! Die ich so unvergleichlich bin.
Da soll er nur ein bisschen schwitzen.
Und jetzt nimmt er auch noch seinen lächerlichen Turban ab und kratzt sich das schüttere Haar. Also, das ist doch kein Benehmen für einen Fakir, da hört sich doch alles auf! Etwas mehr Contenance könnte man erwarten. So, aber da weiß ich was zu tun ist, ich halt ihm mal ein Bündel Räucherstäbchen unter die Nase, Nag Champa, die Schlangengleichen, die können Tote zum Leben erwecken. Wollen wir doch mal sehen ... so ... und einmal hin und her gewedelt, na, und bitte - es funktioniert. Schau mal einer an. Nun stülpt er sich den Turban wieder auf und streift sich sogar den Kaftan zurecht. Aber - hey - was ist das denn jetzt? Nun fängt er doch tatsächlich zu schluchzen an. Also wirklich! Das hat mir gerade noch gefehlt! Und schluchzt, und schluchzt ... das ist doch die Höhe, die Höhe ist das!

"Ach, liebste, beste Prinzessin", schluchzt er, "wenn ihr nur wüsstet, ihr würdet mich verstehen. Bei meinem letzten Arbeitgeber, dem alten Maharadscha von Bangalore war es doch ganz anders zugegangen, und ihr, ihr seid so, so quirlig ... Dem Maharadscha hatte ich kaum eine Viertelstunde lang vorgelesen, schon war er eingeschlafen, und ich, ich hatte mich an seinem Nickerchen beteiligen dürfen ... 3333 Tage lang ..."
Also wirklich! Was er da nun wieder erzählt. Da kann man doch nur den Kopf schütteln darüber. Und ich schüttele. Und werf mein Haar, dass es eine helle Freude ist. Aber was! Perlen vor die Waldschweine geworfen ist das. So ein Dussel aber auch.
"Und?", frag ich, weil ich wenigstens das nun endlich wissen will, "wieviel Jahre sind es denn nun gewesen?"
"9,12525", kommt es wie aus der Pistole geschossen.
"Siehst du, siehst du", freue ich mich, "du kannst ja doch zu etwas nutze sein. Und als Zeichen dafür, dass ich dir nicht länger böse bin, werde ich dir eine Schülerin zur Seite stellen ...
Jetzt zuck doch nicht so. Aber da sieht mans mal wieder, du wirst alt, und bist völlig überlastet. Etwas Hilfe könntest du

gebrauchen, ich meine es doch nur gut mit dir. Und, jawohl, du hast richtig gehört. Eine Schülerin. Schließlich leben wir im Zeitalter der Emanzipation. Da wird es doch höchste Zeit, dass es mal eine Fachfakierin gibt, eine mit Meisterbrief, Diplomen und allen Schikanen. Mein lieber, bester Gautam, du musst zugeben, das ist eine Jahrhundertidee. Wir werden das Kind schon schaukeln, du wirst es erleben. Sushi, komm doch mal her!"

"Jetzt lass doch mal die Fächelei. Und hör mir zu.
Ich habe gerade beschlossen, dass du eine Fakierin wirst.
Aber eine richtige, ausgebildete. Und es wird dir eine Ehre sein, dass der beste Gautam aller Zeiten dein Lehrer wird.
Schon morgen kannst du zum erstenmal zeigen, wie gelehrig du bist.
Für's erste bist du also unter seiner Fuchtel, ähm, ich meine natürlich Obhut.
Solltest du nicht tauglich sein, dann ist wieder Fächeln angesagt.
Streng dich also an."
Sushi scheint ordentlich erleichtert. Sie fächelt nicht so gerne.
Und ich muss sie oft ermahnen. Außerdem ist sie in jeder freien Minute mit Schminken beschäftigt.
"Ich bin Sushila", sie streckt Gautam ihre Hand hin.
Der ist völlig aus dem Häuschen. Schließlich ist Sushila eine hübsche Frau.
"Ich, ich verspreche aus dir eine gute Fakierin zu machen", sagt er zu Sushi, und gerät doch tatsächlich in's Stottern.
Er verbeugt sich vor ihr. So tief, dass sein Turban schon wieder ins Rutschen gerät.

Sushi kann ihm mal ein Hutgummi einnähen. Lächerlich.
"Das kannst du vergessen, verbeugt wird sich nur vor mir. Und jetzt sputet euch.
Ich hab schließlich auch noch genug zu tun. Muss zu den Feuerwerkern."
Die Jungs können mal ein paar Probeschüsse abfeuern. Ich liebe es. Wenn es kracht und leuchtet. Heftig.
Mal sehen, ob die Raketen gut ausgewählt sind.
Es muss ein fulminantes Fest werden. Dagegen wird der 'Rhein in Flammen' eine Ärmlichkeit sein. Ach, was sag ich. Kuwait wird sich dahinter verstecken müssen.
XXXXL - Batterien. Die Farben Blau und Orange müssen unbedingt dabei sein. Gelb und Rot kann jeder.

Meister Li und die Feuerwerker

Die Feuerwerker ...
So, da will ich doch mal nach den Jungs sehen.
Rhein in Flammen!
So ein Quatsch.
Den Floh hat mir wohl der Ko-ah-föhr ins Ohr gesetzt. Mit seinem Göte und Konsorten.
Was ein Quatsch.
Fürs Feuerwerk ist natürlich Meister Li zuständig.
Den lasse ich immer aus Shanghai einfliegen.
Ist doch klar. Wenn Feuerwerk, dann die Chinesen.
Das kann man doch schon an ihren Raketen sehen, die sie ins All abschießen.
Keiner macht das so schön bunt wie sie.
Und dann die schillernden Namen, die sie dem Event immer geben. Also richtig poetisch. Blühende Morgenröte und Gleißendes Kometenfeuer und was weiß ich.
Also auf jeden Fall Meister Li und keinen Herrn Göte, aber, bei Lakshmis Badewannenschaum, was sehen meine geröteten Augen, Meister Li, der am Ufer steht, umgeben von seinen Gehilfen, und

sie sind alle am Winken und Gestikulieren. Ach du Schande, Magar natürlich, liegt da inmitten der Furt auf der Lauer und spielt den Baum.

Also, das geht ja gar nicht. Unsere ausländischen Gäste derart zu erschrecken.

Als Meister Li mich erblickt, kommt er direkt auf mich zu.

Meister Li trägt einen blauen chinesischen Mao-Anzug und sieht aus wie Ho Chi Minh.

"Ah", sagt er, und ein unergründliches Lächeln huscht über sein Gesicht, "das sehr geehrte Fräulein Genossin Prinzessin. Sie sehen ja, sie sehen ja selbst. Wir hätten dem Getüm natürlich längst Feuer unterm Hintern machen können, doch wir wollten die gutnachbarlichen Beziehungen nicht aufs Spiel setzen. Wir werden uns gerne ihren hochverehrten Wünschen unterwerfen."

"Meister Li", sag ich, ganz die Diplomatin, "ich danke Ihnen für Ihr Fingerspitzengefühl. Ich werde vielleicht auf ihr freundliches Angebot zurückkommen. Das mit dem Feuer unterm Hintern ist vielleicht nicht die schlechteste Idee. Doch zunächst werde ich mal ein Wörtchen zu reden haben mit dem guten alten Magar."

Der Meister Li zeigt wieder sein geheimnisvoll chinesisches Lächeln.

"Die Genossin ist jung, doch sie ist weise wie eine Languste im Sommerregen. Alle Reaktionäre sind Papiertiger, wie unser großer Vorsitzender zu sagen pflegte, doch die Genossin Prinzessin weiß ihre Krallen zum rechten Zeitpunkt einzusetzen."
"Worauf du dich verlassen kannst", sag ich.
Ich will mich schon dem Magar zuwenden, da ist plötzlich ein großes Pfeifen und Zischeln zu hören, das den Fluss herunterkommt.
Ich glaub, ich trau meinen Augen nicht. Da kommt eine richtige Prozession herangeschritten, was sage ich, herangetanzt.
Der gute, alte Gautam vorneweg, der auf einer kleinen Silberflöte spielt. Dahinter die Sushi, die sich zur Melodie im Kreis herum dreht. Und hinter ihr wiederum Moo, die Brillenschlange, und ihre Schwestern. Hoch aufgerichtet, und auch sie drehen sich und blicken wild und majestätisch in die Gegend.
Alle Achtung! So viel Eigeninitiative und Unternehmungsgeist hätte ich den beiden gar nicht zugetraut. Kann man mal sehen was etwas Feuer unterm Hintern alles bewirken kann. Also, im übertragenen Sinne, meine ich. Na, wenn das keine Attraktion zu werden verspricht!

Drei - Zwo - Eins ...

Magar liegt immer noch da rum, und lässt sich nichts anmerken.
"Hör mal Magar. Du weißt, dass ich hier zu bestimmen habe.
Und spiel dich mal nicht so auf. Wenn du nicht vernünftig bist, sag ich Jagdish Bescheid. Du weißt, was das heißt."
Jagdish ist älter als Magar. Und stärker. Ich hab sie beide mal beobachtet. Es ging um Weiber. Um was sonst. Magar spielte vor ein paar Weibchen den starken Macker.
Bis Jagdish kam. Der räumte sofort auf und becircte alle Weibchen. Mit seiner Stärke und Schönheit.
Da war's mit Magars großer Klappe schnell vorbei.
Jepp, gute Idee von mir. Magar seufzt tief auf.
"Also gut. Also guuut. Nicht, dass ich Angst hätte vor Jagdish. Nur weil ich euch so mag, schönste Prinzessin. Da schadet ein bisschen Vernunft ja nicht."
Da staunt der Hochiminhgo aber.
Ich, nur ein Satz. Und Magar tritt den Rückzug an.
Moo und ihre Schwestern, sind heute richtig gut drauf. Sowas von aufrecht halten sie sich.

Klar. Die sich drehende Sushi zieht alle Blicke auf sich. Und besonders Moo scheint sie sehr zu mögen.
Gautam spielt aber ganz schön altmodisches Zeugs.
"Sag mal Gautam, kannst du nicht was poppigeres spielen. Immer diese ausgelutschten Stücke. Wie wär's denn mal mit Chammak Challo beispielsweise.
Da würde Sushi noch schöner tanzen."
Ach, du Schreck. Da hab ich wohl nicht das Richtige vorgeschlagen.
Gautam wird ja noch blasser, als er schon ist. Und sein Turban wird auch leicht nervös. Och neee. Nicht schon wieder. Bleib bloß an Ort und Stelle.
"Nein, um Himmelswillen. Verzeiht mir, liebreizende Prinzessin.
Aber sowas kommt mir nicht über meine Flöte.
Das würde sie glatt entweihen.
Und entweihte Flöten sind das Silber nicht wert, aus dem sie gemacht sind."
Da, er verbeugt sich und alles verrutscht.
"Ist ja gut," sag ich, "macht nichts."
Denn wenn Silber nichts mehr wert ist, dann ist alles zu spät.
So.
Eigentlich könnten sie jetzt mal probefeuern.

"Meister Li, ich wäre entzückt, ein paar Musterstücke am Himmel zu sehen.
Es geht nichts über ihre Kunst. Das weiß ich. Umso mehr würde ich mich über eine kleine Privatvorstellung freuen."
Meister Li lächelt sein unergründliches Lächeln.
"Es ist mir eine Ehre, unsere Kunst in Indien vorzutragen.
Auf dass China auch am indischen Himmel leuchte."
Das hat er aber wirklich schön gesagt.
Er weist mit kurzen knappen Worten seine Gehilfen an.

壹 - 貳 - 參 - 零

Sān - èr - yī - líng

Und: Boah! Das erste Chinabild am indischen Himmel.
Und was für eins.

Der Tiger

Uh! Und Oh! Und Ah! Wie schwarz die Nacht geworden ist! Und dann dieses Leuchten! Ein Farbenwunder!
Unglaublich! Rot. Und Orange. Und Gelb. Und alles ineinander verschlungen. Ein formloses Geschlängel. Es zieht über den Bäumen auf, zieht über die Bäume hin, und senkt sich wieder, schlängelt verschlungen, formlos, oder doch nicht? Nimmt da nicht etwas Gestalt an am anderen Ufer? Ballt sich kein Rauch? Fügen sich Form nicht und Farben zusammen? Eine Gestalt? Ja. Eine Gestalt.
Sie taucht auf aus dem Rauch. In Feuer und Flammen. Sollte doch gar der Dämon erschienen sein, die Gunst der Stunde genutzt haben sich einzuschleichen durch die Hintertür?
Nein! Nun sehe ich deutlich und klar - ein Tiger ist es. Ein in allen Orangetönen leuchtender Tiger, der dort am anderen Ufer steht. Was für ein wunderschönes mächtiges Tier! Doch steht er auch in Wirklichkeit da? Ist es nicht Trug und Täuschung? Ist es nicht allein der Kunst des Meister Li zu verdanken? Nein. Nein, er ist da, er ist ganz wahr, ein wirklicher Tiger aus Fleisch und Blut.

Ich spüre jemanden neben mich treten. Graubruder ...
"Shir Khan", hör ich ihn flüstern, "er ist zurückgekehrt."
Shir Khan? Sollte es die Möglichkeit sein?
Ich stehe wie geblendet. Ich schaue. Ich sehe hinüber. Ich sehe ihm in die Augen. Er sieht mir in die Augen. Ich spüre ein Erkennen. Er hat mich gesucht. Er hat mich gefunden. Ich spüre Erleichterung. Und Furcht. Wie kann ein Tiger sich fürchten? Er fürchtet sich. Er sucht Vertrauen. Er sucht Hilfe. Meine Hilfe. Er braucht mich ...
"Graubruder", sage ich, "geh, rufe das Rudel zusammen. Es ist nicht Shir Khan. Es ist ein anderer. Und er braucht uns. Er braucht unsere Hilfe ..."
Ich sehe Zweifel auflodern in Graubruders blauen Augen ...
"Bitte!", sage ich, "Du musst mir vertrauen ..."
Und ich spüre Vertrauen.
"Gut", sagt er, "ich werde gehen ..."
Und schon ist er verschwunden. Ist er vergangen wie die Nacht. Und auch der Tiger am anderen Ufer. Eingetaucht in den Dschungel. Und mir wird schwarz, mir wird Nacht in den Augen, ich taumele, ich falle, ich stürze ...

Das erste, was ich beim Erwachen erkennen kann, ist meine Freundin Amira, die sich über mich beugt.
"Amira ...," sage ich, ich kann es kaum glauben, "wie bist du denn hierhergekommen?"
"Ich wollte dich wieder einmal besuchen, wir haben uns lange nicht gesehen. Euer Fest schien mir eine gute Gelegenheit dazu. Doch nun ... wie es aussieht habt ihr wieder einen Tiger im Dschungel."
Es liegt Besorgnis in ihrer Stimme. Die nicht dem Tiger gilt, sie gilt mir.
"Ich muss ohnmächtig geworden sein."
"Ich habe dich mit etwas Orangenblütenwasser zurückgeholt."
Sie lächelt. Und ich fühle mich plötzlich wieder wohl und gut. Meine Freundin Amira ...
Meine beste Freundin. Sie ist eine Prinzessin wie ich. Sie stammt aus einem Königreich, das weit jenseits der Dschungel liegt. Ein Land der Wüsten ist es, und der schroffen Berge. Über denen ein roter Mond steht, und das Heulen der Wölfe. Der Wölfe, ach ... was mich daran erinnert ...
"Graubruder ..."
"Ich habe ihn fortspringen sehen. Er wird das Rudel zusammenrufen."

"Gut", sage ich, "das ist gut. So ist es doch kein Traum gewesen. Der Tiger. Er sucht etwas. Er braucht mich. Ich muss mit ihm sprechen, ich muss ihn finden ... Amira? Wirst du mir helfen?"
"Ja", sagt sie, "ich werde dir zur Seite stehen, ich werde dich begleiten."
Amira. Wie gut, dass es sie gibt. Und dass sie ausgerechnet jetzt aufgetaucht ist, es ist wie ein Wunder. Und doch auch wieder nicht. Weil es Amira ist. Meine beste Freundin. Die schon lange keine Prinzessin mehr ist. Sie ist eine Sannyasi geworden. Vor Jahren schon. Zieht mit ihrer Bettelschale durchs Land. Fast schon eine Heilige. Eine, die Wunder wirken kann.
"Geht es dir wieder gut?", fragt sie.
"Ja", sage ich, "komm, lass uns gehen. Wir sollten keine Zeit mehr verlieren. Er braucht uns. Ich spüre es ..."

Aufbruch

Es ist eine Unruhe in mir. Die ist mir fremd. So etwas kenne ich gar nicht von mir.
Ich kann auf das Fest keine Rücksicht mehr nehmen. Der gute Gautam wird schon ohne mich klarkommen. Es ist außerdem schon fast zu Ende. Das Feuerwerk
war zum Abschluss geplant.
Ich darf keine Zeit verlieren. Mit Amira gehe ich zum Palast. Muss mich umziehen. Dschungelgeeignet. Es wird sicher eine längere Zeit in Anspruch nehmen, bis wir den Tiger finden.
Seine Augen gehen mir nicht aus dem Kopf. Sein Blick voller Furcht.
Amira sieht mich an. Sie hält die Bettelschale in der Hand. Ich frage sie, ob sie sie nicht im Palast lassen will.
Amira lächelt.
"Oh nein, sie wird uns gute Dienste leisten. Wissen wir doch nie den Tag im voraus. Was er mit sich bringt. An schönen Dingen, an Schwierigkeiten. Sie ist mein wichtigster Besitz. Wenn man sie hat, und ein gutes Herz, ist man für jede Herausforderung gewappnet."
Na, sie muss es ja wissen, die Gute.

Ich könnte mir einige andere wichtige Dinge vorstellen. Aber dazu bleibt jetzt keine Zeit.
Trotzdem hab ich mir Wasserflaschen in einen kleinen Rucksack gefüllt.
Die Flüsse haben nicht immer gutes Wasser. Da ist so ein Vorrat sehr sinnvoll.
Zwei Beos schauen uns neugierig an. Sie springen um Amira herum und betrachten die Schale.
"Macht euch keine Sorgen", ruf ich, "wir sind bald wieder da."
Ob Graubruder schon etwas weiß. Und wo er wohl ist.
Wir machen uns auf den Weg. Es ist sehr feucht im Dschungel.
Aber die Flora ist immer wieder gleichermaßen wundervoll anzusehen. Diese großwüchsigen, frischen Pflanzen. Orchideen wachsen dort. Wunderschön anzusehen sind sie.
Zwischendurch die hohen Bäume in der Savanne. Vereinzelt stehen sie da. Was für ein Blickfang.
Sogar für mich. Die ich den Dschungel ja kenne.
Na ja, so ganz gut ja nicht. Darum ist mir Graubruder so wichtig. Er kennt hier alles wie seine Westentasche.

Amira summt ein Lied. Und ab und zu erzählt sie aus ihrem Alltag. Wie es ihr ergeht mit den Menschen, deren Hilfe sie benötigt.
Da, ein Geräusch. Graubruder taucht vor uns auf.
Mit ihm zwei weitere Rudelmitglieder.
Graubruder sieht bekümmert aus. Die anderen auch.
"Was ist? Sag es mir. Hast du den Tiger gefunden?"
Graubruder nickt. " Beeil dich, du musst einem Tiger das Leben retten.
Er steckt in einer Drahtschlinge. Wir führen euch hin."

Indra Khan

Das ist ja schrecklich, furchtbar, unerhört!
Wer macht denn sowas?
Also, von meinen Untertanen ist das bestimmt keiner gewesen. Die machen sowas nicht, die sind alle lieb.
Also muss da jemand von außerhalb gekommen sein.
Und vielleicht wollte der Tiger gerade darum mit mir reden. Vielleicht hat er mich warnen wollen.
Aber der Tiger, auch der muss von weither gekommen sein. In unserem Dschungel hat es seit Ewigkeiten keinen Tiger mehr gegeben. Seit Shir Khans Zeiten nicht.
Und das ist so lange her, da hat es mich noch gar nicht gegeben.
Und ich habe das immer für eine Legende gehalten, eine Geschichte, die man sich abends am Feuer erzählt, damit man sich Nachts ordentlich gruselt.
Wo kommt er also her, der Tiger?
Rätsel über Rätsel.
Die wir lösen müssen.
Und ich liebe es Rätsel zu lösen. Die dürfen ruhig ordentlich verstrickt sein.
Was ich nicht liebe, ist es, Tiger aus Fallen zu befreien.
Das stell ich mir ganz schön brenzlig vor.

Der wird ja nicht gerade guter Laune sein. Und dann beißt er mich womöglich.
Ich muss wohl ganz schön bedröppelt ausgesehen haben. Weil die Wölfe mich anstuppsten, einer nach dem anderen.
Und leise geknurrt haben sie dabei.
Aber Amira sagte: "Wir kriegen das schon hin." Und das klang eindeutig zuversichtlich.
Also sind wir hin. Es war auch gar nicht mehr so weit.
Der arme Tiger.
So ein schönes Tier.
Ich hatte ja noch nie zuvor einen gesehen. Nur auf Bildern. Aber das ist ja kein Vergleich.
Er brummte und funkelte mit den Augen und versuchte die Schlinge durchzubeißen, doch die war aus Draht, so eine Gemeinheit, und er war eindeutig schlechter Laune. Das konnte ich ihm nicht verdenken.
Darum traute ich mich nicht weiter vor. Auch die Wölfe waren stehengeblieben.
"Lasst mich mal machen", sagte Amira gelassen. Und ich bewunderte sie sehr. Verwunderte mich aber fast gar nicht. Es war ja kein Geheimnis, dass Sannyasin gut mit Tieren können, ich hatte da die erstaunlichsten Geschichten gehört.

Sie ist dann auch ganz entspannt zu dem Tiger hingegangen. Hat sich einfach neben ihn hingesetzt ohne ihm auch nur einmal in die Augen zu schauen. Einfach so, als wäre es das selbstverständlichste von der Welt.

Und er hat es geschehen lassen. Keinen Mucks hat er getan. Im Gegenteil. Er ist ganz ruhig geworden. Und dann hat auch er sich hingesetzt.

Und dann ist ganz lange nichts weiter gewesen. Sie haben da gesessen, die beiden.

Doch dann haben sie gesprochen miteinander. Ich habe aber nichts verstanden, weil es so weit weg war. Aber gesprochen haben sie. Recht lange sogar.

Dann ist Amira aufgestanden und hat ihm die Fessel gelöst. Und er hat ganz still gehalten.

Und dann stand er da. Erhaben, als ob nichts wäre. Mit diesen undurchschaubaren Augen.

Und Amira ist zu uns zurückgekommen. Und hat erzählt.

Dass er Indra Khan heißt. Und dass er mit seiner Frau und ihren beiden kleinen Töchtern hierhergekommen sei. Aus einem weit entfernten Dschungel. Dort wären schlechte Menschen eingedrungen. Die hätten die Bäume gefällt und Jagd auf sie gemacht. Da sind sie geflohen. Über eine weite Ebene hin. Bis sie unseren Dschungel gefunden hätten. Und sie hätten sich gefreut, wie schön und ruhig es bei uns ist. Doch sie müssen verfolgt worden sein. Von Wilderern, Tierfängern. Denn als er gestern von der Jagd zurückgekommen sei, waren sie verschwunden, seine Frau und die beiden Töchter. Entführt. Gefangen. Verschleppt. Darum sei er gestern Abend zum Fluss gekommen. Weil er uns um Hilfe bitten wollte bei der Befreiung.

Ich war echt entsetzt.

Was für eine schreckliche Geschichte das war.

Es musste etwas geschehen.

Und ich schaute hinüber zu ihm. Zu Indra Khan.

So wirds gemacht!

Indra Khan.
Er steht da und sieht mich an. Und seine Augen trauern so sehr.
Und ich denke an diese gemeinen, hinterhältigen Tierfänger.
Ob sie nie darüber nachdenken, wie weh sie den Tieren tun.
Wer Tiere so hasst, wird auch Menschen hassen.
Es ist so furchtbar.
Mir fällt Shakti ein. Sie könnte doch diesen bösen Menschen Furcht einjagen.
Zumindest wären wir schneller mit ihr. Amira hätte neben mir Platz.
Ich erzähle Amira von Shakti.
"Du weißt ja, dass Shakti ihr nächstes Opfer sein kann. Denk mal an ihre Zähne. Elfenbein ist sehr begehrt. Man müsste schon reichlich Vorsichtsmaßnahmen treffen."
Oh je, daran habe ich gar nicht gedacht.
Aber es muss doch eine Lösung geben.
Gautam. Er ist es. Er muss mit der ganzen Giftschlangen-Brigade herkommen.
Moo, und sämtliche Geschwister von ihr.
Und sie würden über diese widerlichen Menschen herfallen und sie vergiften.

Und wenn sie wehrlos sind, befreien wir die Tiger.
Hah! Wir könnten sie ihnen sogar zum Fraße vorwerfen.
Dann hätte sich das Problem erledigt.
Und deswegen müssen sowohl Gautam als auch Shakti her.
Graubruder kommt zu mir.
"Du hast es ja schon mitgekriegt. Wenn du uns noch einmal helfen könntest, wäre das sehr lieb.
Ihr müsst euch auf die Suche machen. Wir müssen Indras Frau und seine beiden Kinder finden.
Ich hoffe ja nur inständig, dass sie noch leben."
Graubruder nickt. Seine schönen, blauen Augen sehen sehr bekümmert aus.
"Ich werde euch zunächst zum Palast zurück geleiten. Und später suchen wir die Tiger. Soviel ist ganz klar."
Amira betet. Ich selber bete ja nicht. Aber wenn ich sie so höre, wird mir richtig anders zumute. Nicht umsonst kann sie Wunder bewirken.
Ist ja klar, dass der Gott, zu dem sie spricht, richtig gnädig ist, wenn er sie hört.
Wir werden uns beeilen.

Auf geht's

"Ich werde die Fährte sofort wieder aufnehmen", sagt Indra Khan und leckt sich die Pfote. Sie blutet, aber gebrochen ist sie nicht. Stolz hebt er seinen Kopf.
Ich kann gar nicht aufhören seine Schönheit zu bewundern.
"Und ich werde dich begleiten", sagt Meena, Graubruders ältere Schwester, und stellt sich ihm zur Seite.
"Und ich", sagt Rajani, Graubruders jüngere Schwester, und stellt sich zur anderen Seite des Tigers auf.
Boah, denke ich, die haben Mut.
"Ich freue mich", sagt Indra, "ich hätte nicht gedacht, so bald schon Freunde finden zu können im neuen Dschungel."
"Wer hat denn was von Freunden gesagt."
"Von Freundschaft war nicht die Rede."
Ich meine fast so etwas wie ein Grinsen in den verschmitzten Gesichtern der beiden Wölfinnen ausmachen zu können.
Und auch über Indra Khans Gesicht huscht so etwas wie ein Lächeln. Das verschwindet aber gleich wieder und macht der vorherigen Undurchdringlichkeit Platz.
"Kommt", sagt er nur, und alle drei gleiten im Unterholz davon und sind schon nach wenigen Sekunden nicht mehr zu sehen,

sind eins geworden mit dem ewigen Dschungel.
Wir anderen haben kaum kehrt gemacht, da hören wir schon ein ziemliches Lärmen auf uns zukommen, das Trompeten eines Elefanten. Shakti, freu ich mich.
Wundern tu ich mich auch. Dass die schon da sind. Haben die das dritte Gesicht?
Na klar, Gautam, denke ich. Man darf doch einen Fakir nie unterschätzen.
Da biegen sie schon um die Ecke.
Vorneweg Gautam. Auf einem Ochsen reitet er, ich fass es nicht.
Der Ochse trägt nicht nur ihn, sondern auch ein Joch, an dessen beiden Seiten jeweils ein Korb hängt. Aus dem einen zischeln mir Moo und ihre Schwestern entgegen. Aus dem anderen hebt sich der gewaltige Körper von Boo der Riesenschlange heraus. Die schaut mir in die Augen.
"Na, Kleines", hör ich sie in meinen Kopf flüstern.
Boo kann das. Sich in jemandes Kopf einschleichen.
"Ich freu mich, dass du dabei bist", flüstere ich zurück.
Ich kann das nämlich auch.
"Das will ich doch hoffen."
Boo streckt mir ihre Zunge raus.

Auf Shaktis Rücken thront Sushi und winkt uns fröhlich zu.
"Ja super", sagt Amira, "dann kanns ja losgehen."
"Und ob", ruft Sushi unternehmungslustig, "Kommt, steigt auf."
Gautam blinzelt mir verschwörerisch zu und zupft sich den Turban zurecht.

Wir kommen der Sache näher

Das ist doch wohl allerhand.
Eine Dschungelprozession. Besser gesagt ein Rachefeldzug.
Das werde ich Gautam aber vergelten. Er wird zumindest neu eingekleidet werden.
Soviel ist klar.
Amira und ich sitzen neben Sushi.
Shakti macht das nichts aus. Im Gegenteil.
Selten hat sie sich so graziös bewegt.
Hier oben fühl ich mich in Sicherheit. Shakti ist schon lange meine Freundin. Sie würde alles für mich tun.
Da kann Boo ruhig ihre Blicke auf mich richten.
Obwohl, Boo würde den Weg zu mir schaffen. Sie ist schnell, und würgen kann sie auch. Aber nicht heute.
Sie weiß schließlich worauf es ankommt. Und ich soll ja das Opfer nicht sein. Hoffentlich denkt sie nur immer daran.
Später kann sie sich gütlich tun. Ich hab nichts dagegen.
Da ist ja Graubruder.
Er läuft vor uns her. Und dreht sich laufend um.
Ob wir Schritt halten können, will er wohl überprüfen.

Gautam hat seine Flöte in der Hand und spielt unentwegt.
Da, was war das.
Ein dumpfer Laut. Ob es der Tiger war?
So einen Ton habe ich jedenfalls nie vorher gehört.
Ein Tiger schreit nicht oft.
Es würde auch nicht zu ihm passen. Dafür ist er viel zu würdevoll. Er brüllt nicht einfach rum wie andere Tiere.
Wenn er schreit, muss es einen triftigen Grund haben.
Gautam hat die Flöte von den Lippen genommen.
Shakti ruft jetzt. Ein lauter Trompetenton erschallt.
Keine Antwort.
Wir bleiben stehen.
Amira betastet ihre Schale.
Alles ist still.
Nur Moo kann ihre Klappe nicht halten.
"Was ist denn jetzt," zischelt sie, "ist es schon Zeit für mich? Soll ich schon Gift versprühen?"
Ihre Schwester wird auch unruhig.
"Wenn es nicht weitergeht, kann ich ja mal kurz aussteigen. Ich hab nämlich Hunger."
Da knackt es im Unterholz.
Meena und Rajani tauchen auf und nicken Graubruder zu.

Die drei flüstern miteinander.
Graubruder wendet sich zu mir.
"Sie haben sie gefunden. Die drei Tiger sind in einem Käfig eingesperrt, und werden von den Wilderern bewacht. Sie sind bewaffnet."
Ich bekomme eine Gänsehaut.
Es ist die pure Angst.
Gautam hat alles mitbekommen. Er sieht etwas ängstlich aus.
Der einzige Mensch, der keine Angst zeigt, ist Amira.
Sushi dagegen hat sich geduckt. Sie traut sich nicht mehr aufrecht zu sitzen.

"Keine Bange", sage ich, als wir von Shakti abgestiegen sind, "wir werden sie schon überwältigen. Schließlich sind wir die Guten."
Ich kenne meine Pflichten. Ich bin die Prinzessin und habe für gute Laune zu sorgen.
Und die Guten, das sind ja nun eindeutig wir. Und edel sind wir auch. Und wasnichtnochalles.
So richtig überzeugt aber war ich nicht von dem, was ich da gesagt hatte. Ich hatte auch keinen Schimmer, was jetzt zu tun war, und das wird man mir auch angehört haben.
Zum Glück gibt es Amira.
Die hat sofort das Kommando übernommen. Und die richtigen Worte gefunden.
"Wir sind nicht nur die Guten, wir sind auch die Besten, und darum besteht kein Zweifel, dass wir jeden Kampf gewinnen würden. Aber dazu muss es ja gar nicht kommen, wenn wir sie während der Nacht überwältigen können. Ich mache mir vielmehr Sorgen, dass sie uns noch entwischen könnten."
Gautam hat sich den Turban abgenommen und kratzt sich den Kopf.

Eine Unsitte ist das, das muss ich schon sagen. Abgewöhnen muss ich ihm das. Unbedingt. Das gehört sich in keinem Prinzessinnenpalast. Na ja, und schon gar nicht im Beisein einer Prinzessin. Egal wo. Es ist wirklich unerhört.
Das scheint Sushi genauso zu sehen. Sie streichelt ihm beruhigend über die Schulter.
Er schaut sie ganz verliebt an. Verliebt? Hier? Mitten im Dschungel?
Eindeutig. Klarer Fall. Der ist völlig weg. Schwebt im siebzehnten Himmel. So ein verklärtes Lächeln im Gesicht.
"Ähem", mach ich und tu so streng wie möglich.
"Ähem", macht auch er, und stülpt sich den Turban über. "Was ich sagen wollte ... die haben bestimmt irgendwo einen Lastwagen versteckt. Wie sollten sie sonst die Tiger fortbringen können?"
"Genau", sagt Amira, "und das wollen wir jetzt herausbekommen. Was sie vorhaben. Und auch wie viele es sind. Darum werden Boo und ich uns anschleichen und sie belauschen."
Cool, denk ich, das ist ja wie in den Abenteuergeschichten. Die lese ich immer noch gerne. Und nun bin ich mittendrin

dabei. Nein, ich bin sogar das Oberhaupt aller Helden. Die Oberheldin. Unbedingt.
"Ja, macht das", sage ich, "wir werden hier auf euch warten."
Und tu ganz gelassen. Werfe das Haar nach hinten. Und fange mir einen Blick von Indra Khan auf.
Ich glaube, der grinst. Der lacht mich aus.
Was bin ich nur gestraft mit meinen Untertanen! Ich glaube, wenn wir das hier hinter uns haben, werde ich mal streng durchgreifen müssen. Nur, ob Indra Khan das genauso sieht? Ach, Mensch, als Prinzessin hat man es doch schwer. Ich tu mir richtig selber leid. Ich schau mich um. Haben das auch alle mitbekommen? Nein! Keiner schaut mich an.
Die schauen jetzt alle dorthin, wo Boo und Amira ins Gebüsch abgetaucht sind.

Wir sind die Größten

Amira und Boo sind die Schleicher schlechthin.
Sie stehen so plötzlich wieder vor uns, dass wir alle erschrocken sind.
Puuh, wie mein Herz klopft. Nicht, weil es unheimlich ist. Einfach nur so.
Amira erzählt.
"Wir haben den Lastwagen entdeckt, und zwei Wilderer. Die sitzen in der Nähe des Käfigs und spielen Karten. Sie sind richtig sauer auf einen Kumpel. Sie verfluchen ihn sogar. Der hat nämlich vergessen nachzusehen, ob ein Reservereifen im LKW liegt.
Es ist so, dass sie einen Platten haben. Bill, einer der beiden, hatte das entdeckt.
Und jetzt kommt es. Sie haben zwar Flickzeug, aber keinen Reservereifen. Und das Flickzeug ist uralt. Und funktioniert nicht.
John, ist der Fahrer des Lastwagens. Er musste zurück in die Stadt, um einen Reservereifen zu besorgen.
Mister X, ein merkwürdiger Name, aber Bill nennt ihn so, flucht unentwegt.
So ein Blödmann, sagt er. Und ihm ist es egal, wie John den Reifen transportiert. Von mir aus, sagt er, kann er ihn rollen.

Wenn einer so dumm ist und kein Reserverad mitnimmt, geschieht es ihm recht."
Gautam nickt.
"Beim Barte des Propheten", sagt er, "das wird ein richtiges Problem für ihn werden. Einen Reifen durch den Dschungel zu rollen. Das schaffen die wenigsten. Man denke nur an die dicken Baumstämme, die auf den Wegen liegen. Da braucht er schon Muckis."
Aber jetzt, was macht Amira.
Sie bittet Boo zu sich her. Und schlägt kurz auf ihre Schale. Da hört man ja tatsächlich einen Klang.
Beide stellen sich feierlich auf.
Amira ergreift das Wort.
"Wir haben ihre Probleme mal ganz einfach etwas vergrößert. Nicht wahr, Boo?"
Und Boo beginnt zu lachen. Sie schüttelt sich sogar vor Lachen.
Und das sieht vielleicht lustig aus. Eine Riesenschlange, die sich vor Lachen schüttelt.
"Boo hat Schmiere gestanden. Und ich hab derweil die Ventile der übrigen Reifen geöffnet. Und das war schwierig. Aber ich hab es geschafft.
Als die Luft entwich, machte das so ein Geräusch.

Ich befürchtete schon die Entdeckung. Denn beide Verbrecher sahen vom Kartenspielen auf.
Aber Mister X meinte, es seien die, und ich muss es leider sagen, es seien die Scheißschlangen, die überall herumlägen.
Da hättet ihr Boo mal sehen sollen. Sie konnte sich kaum beruhigen, so wütend wie sie war. Sie hat noch viel doller geflucht als die beiden. Ich musste sie zurückhalten. Sonst wäre sie zu ihnen gegangen.
So, und jetzt können wir uns überlegen, wie es weitergeht."
Sushi fängt doch tatsächlich an zu klatschen.
"Bravo Amira. Bravo Boo. Ihr seid die Größten! Da kommt kein anderer mit!"
Indra grinst mich wieder an. Ich seh sofort weg.
Ich meine, er ist ja nun wirklich ein toller Typ, aber deswegen muss er mich nicht auslachen. Unverschämt.
Ich also ganz Chefin. Die Prinzessin eben.
"Da hast du ausnahmsweise mal recht, Sushi. In diesem Fall sind sie wirklich die Größten."

Der Plan

"Und wie soll es nun weitergehen?", will Gautam wissen. "Also, ich hätte da einen Vorschlag zu machen ..."
Aber ich unterbreche ihn gleich. Wo ich so schön im Prinzessinnen-Modus bin.
"Da gibt es nur eins: Drauf und dran!"
Ich. Die Kriegerprinzessin. Kühn und stolz und von erhabener Grazie.
"Ganz recht", pflichtet mir Indra Khan bei, "Die Überraschung ist auf unserer Seite. Wir werden ihnen keine Gelegenheit geben ihre Waffen zu gebrauchen. Und dieser Mister X, der gehört mir."
"Und um den werten Herrn Bill werden wir uns kümmern, was Moo?"
"Und esss wird unsss ein Vergnügen sssein", säuselt die. Und ihre Schwestern nicken im Takt dazu.
"Einverstanden", sag ich, "Aber kein Gift!" Und, mit einem Seitenblick auf Indra Khan: "Und keine Krallen! Ich möchte nicht, dass jemand zu Schaden kommt."
Ich mein das ernst. Ich will sie lebendig haben.
"Ssssss - nur ein bissschen ..."
Na klar, die schon wieder. Ich möchte zu gerne mal wissen, was sich eine

Brillenschlange unter ein bisschen Gift vorstellt ...
Ach, vielleicht auch besser nicht.
Indra Khan leckt sich genüsslich die linke Vorderpfote.
"Okee", ruft Amira zuversichtlich, "das haben ja wohl alle verstanden. Und wir anderen bilden die Reserve und befreien Indra Khans Familie. Wird schon schiefgehen."
"Nur schade ..."
Oh nein! Nun muss natürlich Gautam wieder seinen Senf dazu geben.
"Jaaa ..."
"Nur schade, dass Amira den Reifen die Luft rausgelassen hat. Den Lastwagen könnten wir im Dorf gut gebrauchen."
"Was das betrifft", frohlockt die Angeredete, "ist an alles gedacht. Schließlich haben wir eine 1A-Luftaufpumperin dabei."
Sie schaut dabei zu Shakti hoch, die freundlich mit den Ohren wackelt.
Wenigstens trompetet sie nicht. Immerhin eine, die hier vernünftig ist.
"Also, ihr könnt meinetwegen gerne ins Dorf zurückkehren", mischt sich Indra Khan jetzt ein, "meine Familie und ich werden auf jeden Fall hierbleiben und

diesem John einen netten kleinen Empfang bereiten."
"Und mir, mein Freund, wäre es eine Freude euch dabei Gesellschaft leisten zu dürfen."
Boo!
Ich schau ihr in die Augen.
"Ihr werdet ihm nichts tun."
"Aber nein. Nur ein bisschen spielen."
Nun leckt Indra sich die rechte Vorderpfote.
Das tut er bestimmt nur um sein Grinsen zu verbergen.
"Ich schätze mal", flüstert mir Gautam ins Ohr, " dass dieser John schlohweißes Haar haben wird, wenn er aus dem Dschungel herausgekommen ist. Falls er überhaupt jemals aus dem Dschungel herausfinden sollte ..."
Beim heiligen Stoßzahn Ganeshas, bin ich denn nur von Irren umgeben!
"Können wir jetzt endlich, oder hat noch jemand was?"

Auf mein Kommando

Es muss ja nicht sein, dass ich an erster Stelle, oder...?
Andererseits bin ich natürlich mutig. Eine Prinzessin ist immer mutig. Das sieht man ja an mir.
Ich mach's kurz. Unsere Aufstellung sieht wie folgt aus.
Zuerst: Shakti mit Amira, Sushi und mir. Danach: Gautam auf seinem Ochsen und den Giftschlangen. Und Indra, der sich seitlich hält.
Wir sehen die Verbrecher sitzen. Den Käfig mit den Tigern nahe dabei.
Etwas weiter entfernt steht der LKW.
"Moment mal eben, liebe Freunde", lässt Shakti sich vernehmen und macht sich an den Reifen zu schaffen. Ruckzuck sind sie voller Luft. Und Shakti schafft das alles ohne Lärm. Amira, geistesgegenwärtig wie immer, springt von ihrem Rücken und dreht die Ventile zu.
Moo will wissen, wer denn Auto fahren könne. Gautam natürlich. Und Sushi lächelt ihn ganz verliebt an. "Dann könnten wir beide ja mal einen Ausflug machen, " meint sie. Gautam lächelt nun seinerseits verzückt.

Das darf ja wohl nicht wahr sein. Mitten in der größten Gefahr denken sie über Ausflüge nach.
Mister X hat ein Glas vor sich stehen, und ist gerade dabei sich etwas einzuschenken.
"Prost, Bill, du alte Zecke", ruft er und leert sein Glas in einem Zug.
Bill antwortet nicht. Er macht sich an seinem Funkgerät zu schaffen.
Verärgert haut er auf den Tisch. "Verdammter Mist. Hier funktioniert aber auch gar nichts. Wir könnten tot umfallen, ohne dass es einer mitbekommt."
"Wenn wir tot sind, können wir doch sowieso nicht mehr funken", bemerkt Mister X äußerst tiefsinnig. Er schüttet sich das Glas schon wieder voll.
"Wo John nur bleibt?" Bill steht auf und versucht irgend etwas in der Ferne zu entdecken. Kein John in Sicht.
Moo und ihre Schwestern haben sich langsam aus dem Korb heruntergelassen. Boo überlegt nicht lange und tut es ihnen nach.
Was macht Sushi denn da?
Sie knipst Gautam eine Auge zu, und macht Anstalten von Shakti herunter zu steigen. Gautam, ganz Kavalier hilft ihr dabei.
Sie steht auf dem Boden und zupft sich zurecht.

Dann flüstert sie mit Gautam. Der schüttelt ein paar mal den Kopf. Aber es scheint nichts zu nützen. Sushi redet auf ihn ein.
Wo ist Indra eigentlich. Er muss schon vorgelaufen sein. Ich kann nichts von ihm entdecken.
Gautam sieht ganz nervös aus.
"Gautam, was ist los? Kannst du mir das bitte mal verraten? Ich muss schließlich wissen was passiert."
Gautam nickt bekümmert. "Sushi lenkt jetzt die Wilderer ab. In der Zeit starten wir die Befreiungsaktion. Ich hoffe, dass jeder weiß, was er zu tun hat.
Unser Ziel ist", und jetzt stellt er sich gerade hin, und schaut uns alle der Reihe nach an.
"Unser Ziel ist es, die Tiger durch die Wilderer zu ersetzen. Also, Tiger aus dem Käfig und die Verbrecher hinein."
"Kein Problem", Indra steht plötzlich neben mir. "Ich werde sie sanft in den Käfig geleiten." Seine Augen können ein freudiges Funkeln nicht verbergen.
Moo zischelt ihren Schwestern zu. "Wir lenken sie ab, wenn Amira und Gautam die Waffen in Sicherheit bringen."
Und Boo grinst sich eins. "Ich übernehme die Leibwächterrolle für Amira. Gautam,

mein Guter, du musst also gar keine Angst haben."
"Gut", sage ich und bin mir meiner Führungsrolle durchaus bewusst.
"Auf mein Kommando geht es los."

Die Befreiungsaktion

Natürlich! Es hatten mal wieder alle alle Pläne umgeworfen, und dann lief es doch ganz anders.
Aber schließlich landeten die Wilderer im Käfig und Indras Familie war befreit.
Aber der Reihe nach.
Wenn ich es überhaupt noch hinbekomme.
Ja, also, wie war das denn?
Sushi kam aus dem Busch herausgetänzelt. Sie klimperte mit den Zimbeln. Und Gautam blies die Flöte dazu. Sushi klimperte aber nicht nur mit den Zimbeln sondern auch mit den Wimpern, drehte sich im Tanz, wackelte mit den Hüften und dem Bauch. Sie trug nur eine fast durchsichtige Pluderhose und ein ebensolches Oberteil, sehr knapp geschnitten, ganz wie eine echte Jeanie auszusehen hat. Kein Wunder, dass Mister X Stielaugen bekam. Da hatte er aber nichts davon, weil ihn in dem Moment bereits Indra Kahn bei der Kehle gepackt hielt.
Und rings um den anderen, diesen Bill, Moo und ihre Schwestern aus dem Gras aufwuchsen, und den möcht ich erleben, der bei solchem Anblick nicht starr vor Schrecken wird. Schon war Gautam zur

Stelle und hatte ihm eine Schlinge um den Körper gewunden.

So geschah es auch mit Mister X.

Indra Khan ließ nun von ihm ab. Dafür schlängelte sich Boo von einem Baum herab und sah ihm tief in die Augen. Was der Riesenpython ihm dabei zugeflüstert hat, will ich lieber nicht wissen.

Als ich Mister X später besichtigen kam, sah sein Gesicht immer noch so bleich aus, als ob er in einen Topf mit Kreidepaste gefallen wäre.

Wir anderen hatten in der Zwischenzeit die Ladefläche des Lastwagens geentert, mithilfe Shaktis starkem Rüssel die Käfige geöffnet, und Indra Khans Familie in die Freiheit entlassen.

Da war aber noch ein anderes Tier ...

Und während die Tiger ein ausgelassenes Wiedersehen feierten, sprang es mit einem weiten Satz von der Laderampe und hüpfte wild umher. Es benutzte dabei nur seine ausgesprochen kräftigen Hinterbeine und einen nicht weniger imposanten Schwanz.

So ein Tier hatte ich noch nie gesehen. Es sah aus wie ein ... wie ein überdimensionierter Osterhase. Weil es ziemlich groß war. Fast so groß wie ich.

Als es schließlich mit dem Hüpfen aufhörte um sich genüsslich einem dicken

Grasbüschel zu widmen, ging ich zu ihm hin.
"Hallo, ich bin die Prinzessin hier", stellte ich mich vor, "und wer bist du?"
"Jo. Ich bin der Woopy. Und ich bin ein Kangaroo."
Der sprach ja einen merkwürdigen Akzent, dieser Woopy.
Es stellte sich heraus, dass er eigentlich aus Australien stammte, dass die Wilderer ihn aber, aus welchen Gründen auch immer, aus einem Zoo gestohlen hatten.
"Ach, du Armer, da hast du bestimmt furchtbare Sehnsucht nach deiner Familie."
Da bekam er für einen Moment einen ganz traurigen Zug um sein liebes Gesicht (denn ein liebes Gesicht hatte er unbedingt), das hellte sich aber gleich wieder auf.
Er sei ganz alleine im Zoo gewesen und hätte sich dort sehr einsam gefühlt, also in den Zoo würde er ganz bestimmt nicht zurück wollen, "Misses Melina hat aber gemeint, dass ich ruhig hier bleiben könnte."
Misses Melina! Aha!
Und ich warf einen Blick auf die schöne Tigerin, die sich wohlig behaglich neben ihrem Gemahl ausgestreckt hatte, während die Töchter munter auf ihrem Vater

herumturnten, der dies geduldig mit sich geschehen ließ.
Die waren aber auch süß, die Kleinen!
Also, ich musste die unbedingt gleich streicheln gehen.
"Na schön", meinte ich zu Woopy, "du kannst gerne bei uns bleiben."
"Yeah, yeah, yeah!" rief der, und sprang wie ein Irrer auf und ab.
Dann beruhigte er sich aber wieder.
"C'mon", sagte er, "give me five."
Na schön, hab ich mir gedacht, und hob ihm meine Hand entgegen.
Da schlug er dermaßen heftig dagegen vor lauter Begeisterung, das hat mich fast aus den Pantöffelchen gehauen.

Vom Träumen und vom Eisessen

Nicht nur, dass ich Indra Khan kennengelernt habe. Ihn, einen Tiger, zum Freund zu haben, ist schon was sehr Besonderes.

Und mit Woopy hab ich mir auch was Tolles eingehandelt.

Er kann ja solche Riesensprünge machen, das glaubt kein Mensch.

Tarik, der Schneeleopard, hat das mitgekriegt, und macht einen auf beleidigt. Er ließe sich den Rang nicht streitig machen, und hätte es nicht nötig, sich mit Woopy zu messen, das teilte er Gautam mit.

Der gute, alte Gautam ist ja wegen der Liebe völlig anders drauf.

Klar, er versucht Sushi zu imponieren, und überlegt sich eine Sensation nach der anderen. Wollte einen Wettbewerb im Springen organisieren. Na ja, hat er sich die erste Abfuhr schon geholt.

Überhaupt. Ich muss mir mal ernsthaft Gedanken machen.

Hatte ich nicht Gautam von meinem Traumprinzen erzählt?

Und was ist passiert bis jetzt? Nichts.

Außer, dass Gautam mit Sushi poussiert. Und ich immer noch ohne Traumprinz bin.

Es findet jetzt nichts anderes mehr statt.
Sämtliche Aktionen dienen jetzt nur meinem Wunsch.
Ich bin schließlich die Prinzessin hier, und hab das Sagen.
Amira hab ich das erzählt. Sie sagt, was kommen soll, kommt. Ich soll Geduld haben. Das sagt sich so leicht. Sie ist schnell zufriedenzustellen.
Schnappt sich ihre Schale und zieht los. Und behauptet, das mache sie glücklich.
Also, hab ich gesagt, leih mir mal die Schale aus.
Vielleicht legt mir einer eine Perlenkette hinein. Und das wäre ein gutes Zeichen.
Ich hatte nämlich einen Traum, darin kam eine wundervolle Perlenkette vor.
Ich wollte sie unbedingt kaufen.
Sagt so ein kleines Männchen mit lispelnder Stimme: "Gute Frau, die ist unverkäuflich."
Da hab ich den Winzling erstmal aufgeklärt, mit wem er es zu tun hat. Dass ich mir alles leisten kann, und so weiter.
Sagt er doch glatt: "So eine Perlenkette bekommt man geschenkt. Von seinem Liebsten."
Amira hat gelacht. "Dafür brauchst du meine Schale nicht. Er legt dir die Perlenkette gleich um den Hals."

Ihr hättet die Kette sehen sollen. Diese Edelsteine. Wunderbar.
Aber bevor ich weiter frustriere, gehe ich mit Amira lieber Eis essen.
In der Nachbarstadt hat eine Eisdiele eröffnet.
Da gibt es superleckeres Milcheis. Von den besten Kühen stammt die Milch. Handgemolken.
Ich meine, der Besitzer hat gerade noch die Kurve gekriegt.
Mit großer Klappe lädt er zur Eröffnung ein.
An diesem Tag will er zeigen, dass er melken kann. "Und die Milch unserer besten Kuh, sie heißt übrigens Eulalia, verwende ich jeden Tag, und nur frisch gemolken.
Eine Kuh wird ihm zugeführt, und er setzt sich hocherhobenen Hauptes auf seinen umgeschnallten Dreibeinschemel.
Hätte er besser mal nach unten geschaut und die Lage gepeilt.
Dann hätte er sofort gesehen, dass die Kuh ein Ochse war.
Siegessicher setzt er sich hin und sucht verzweifelt den Euter.
Alle lachen sich halb schimmelig.
Er bemerkt es schließlich, und sagt dann in die Menschenmenge hinein: "Tja, so geht

das, wenn man vor lauter Eitelkeit seine Brille nicht aufsetzt."
Das fand ich cool. Muss ich schon sagen. Ich wär bestimmt vor Scham in den Erdboden versunken.
"Shakti, komm her. Amira und ich wollen in die Stadt."

Auf dem Weg in die Stadt

Zum Glück war Meister Li noch nicht abgereist. Ich möchte nämlich ein großes Freudenfest feiern. Am Besten heute Abend schon, wenn wir aus der Stadt zurück sind.
Dummerweise waren dem Meister Li die Feuerwerkskörper ausgegangen.
"Aber kein Problem", hat er gesagt, "ich bestelle neue und lasse sie per Drachenexpress einfliegen. Die Drachen kommen direkt über den Himalaya geflogen, das geht schnell, da wird alles rechtzeitig zur Stelle sein."
Ich bin ganz schön erschrocken. "Drachen? Und wenn die dann Feuer speien ..."
"Aber nicht doch. Ich werde extra einen Glücksdrachen bestellen, der wird euch gefallen."
Da bin ich aber beruhigt. Von Glücksdrachen habe ich schon gehört. Die sehen gar nicht so böse aus, haben keine glibschigen Schuppen und böse Stacheln. Nein, die haben ein seidenweiches Fell und Puschelohren. Die sind richtig süß. Da bin ich aber froh.
Also gut. Ein Glücksdrache soll mir willkommen sein.

"Super", hat der Meister Li gesagt. Und dann hat er sein Handy herausgezogen und alles klargemacht.
"Gebongt! Ihr könnt beruhigt in die Stadt reiten. Ich werde mich um alles kümmern."
Ach, diese Chinesen! Immer so praktisch. Und dieses Handy ... so eines könnte ich eigentlich auch gebrauchen. Oder besser gleich mehrere, damit ich mich mit meinen Untertanen verständigen kann. Na klar! Das ist doch die Idee! Da könnte der Gautam keine verliebten Faxen mehr machen. Da würde ich ihn anrufen und sagen: Zackbumm! So wirds gemacht. Und keine Ausreden.
Und das ganze nenne ich dann das PrinzessinnenWeb. Haha, super! Einen Namen habe ich also auch schon gefunden. Und wenn das nicht das Ding des Jahrhunderts wird. Aber hallo!
Das Handy von Meister Li gefällt mir richtig gut. Ich lasse es mir zeigen und erklären. Es ist silbern. Nur der abgebissene Apfel, der auf der Rückseite abgebildet ist, stört mich ein wenig. Das ist doch doof.
"Nein", meint der Meister Li, "das ist doch gerade der Clou. Wenn der Apfel nicht angebissen wäre, sähe er wie eine Kirsche aus."

Dieser Meister Li hat es faustdick hinter den Ohren.
"Gibt es das auch in Gold?"
"Na klar."
"Dann eines in Gold für mich, und Silber für die Untertanen."
"Ich bestell gleich einen Karton mit."
Hach, dieser Meister Li! Ich könnt ihn ja knutschen.
Aber ich muss mich noch um die Gefangenen kümmern.
Eigentlich hätten wir sie ja mit in die Stadt nehmen und bei der Polizei abliefern können.
Aber ich mag mir den Ausflug nicht vermiesen lassen.
Außerdem könnten die ruhig mal ne Runde schuften. Aber so richtig. Und was richtig fieses.
"Ich finde ja, sie könnten den Krokodilen die Zähne schrubben. Die riechen immer so eklig aus dem Mund, man mag ja gar nicht mehr baden gehen."
Also, diese Sushi überrascht mich doch immer wieder.
"So wirds gemacht. Und du und Gautam, ihr sorgt dafür, dass sie ihre Arbeit auch gründlich erledigen. Und dann könnt ihr noch ein paar Special Effects einstudieren,

für heute Abend, du weißt schon ... stimmt euch da mit Meister Li ab, und Gautam ..."
Gautam?
Wo steckt der denn schon wieder?
Ach, er kniet mit Amira vor der Statue der Göttin Kali.
Ganz versunken sind sie. Ich geh mal zu ihnen hin. Wir müssen ja auch langsam los.
"Hallo, ihr!"
Oh, jetzt hab ich sie erschreckt.
"Wir haben etwas gesehen"
Oh, cool, eine Zukunftsschau.
"Und was? Doch nicht etwa einen Prinzen?"
"Na ja, etwas ähnliches vielleicht ..."
Was sollte das denn jetzt heißen?

Lika

Gautam sieht mich an. Er legt seinen Finger an den Mund und bedeutet Amira, dass sie schweigen soll.
"Wie, na sag mal, was los ist. Es geht womöglich um meinen Prinzen, und ihr wollt mich im Dunkeln lassen."

Gautam verbeugt sich mehrmals vor der Statue. Und rückwärtsgehend entfernt er sich von ihr.
"Vielen Dank meine Göttin. Dass du uns hast sehen lassen."

Ich verstehe nur Bahnhof. Amira sieht mich an.
"Gautam hat Kali befragt, ob sie weiß, ob es irgendwo einen Prinzen für dich gäbe.
Und er würde auch Hähne ihr zum Opfer bringen.
Was denkst du. Kali hat sich geäußert."
"Ja und, was hat sie gesagt?"
"Wir sollten ihr in das dritte Auge sehen, welches sie auf der Stirn trägt. Und uns konzentrieren. Und dann sprach sie."

An dem Tag wo die Prinzessin
drei weibliche Goldschakale trifft
sieht sie den Geist

der Weisheit und Schönheit
dann soll sie mich grüßen
und mir den 91. Vers sagen

"Wie, das war alles? Und wie kommt man da auf einen Prinzen?"

Gautam kratzt sich schon wieder am Kopf. "Ja, jetzt ist das Wissen des Fakirs gefragt. Der Geist der Weisheit und Schönheit steht nämlich für den Mann an sich."

"Gautam, mein Guter. Da geht ja wohl die Fantasie mit dir durch.
Das kann ja wohl nicht wahr sein.
Und überhaupt, du weiser Mann. Wieso musst du dann Kali befragen?
Wohl doch nicht klug genug, wie?"

Wenn ich erst das Prinzessinenweb installiert habe, dann wird er sich wundern.
Da gibt es keine Kali mehr. Da sag ich, was Sache ist.

"Und noch eins, mein Guter. Was hat es denn mit dem 91. Vers auf sich? Wie sollte ich den wohl finden?"

"Das ist das Problem", sagt Amira.

"Aber immerhin kenne ich den Anfang. Es gibt bereits 90 Verse. Und der 91. fängt mit der Silbenverdrehung des Göttinnennamens an."
"Versteh ich nicht. Also bitte, Amira. Klär mich auf."
"Ganz einfach:
Kali heisst die Göttin. Wenn ich die Silben verdrehe, entsteht Lika daraus.
Alles klar?"

"Lika, natürlich. Schon klar."

Und jetzt wird mir plötzlich ganz heiß.
Lika, dieser Name erinnert mich an etwas.
An ein Tier.
An einen weißen, kuscheligen Hund erinnert er mich.
Total süß. Und wundervoll.

Und wenn der Vers so anfängt. Muss etwas Gutes heraus kommen.
Ich werde mir alle Mühe geben, den Vers zu finden.

Häufchen machen

Wir reiten und reiten. Amira ist schweigsam und klimpert auf ihrer Schale herum.

"Woran denkst du?", will ich von ihr wissen.

"Ach, ich denke über eine Strophe aus dem Sanskrit nach, und über eine Geschichte, die ich selbst erlebte, und die ich gerade in Zusammenhang setze."

"Ach Amira, das klingt aber interessant. Dann erzähl mir doch die Geschichte. Das wird uns die Zeit vertreiben. Und die Strophe, wie geht denn die?"

"Gemach, gemach ... Also gut, ich will dir die Geschichte erzählen. Aber der Reihe nach.

Also, das ereignete sich vor gar nicht so langer Zeit. Und ich habe es selbst erlebt.

Damals war mir die große Ehre zuteil geworden den berühmtesten und ehrwürdigsten Yogi unserer Zeit als Schülerin begleiten zu dürfen.

Wir waren nach Benares gekommen, dem heiligen Ort am Ufer der großen Mutter Ganga. Dort wollten wir ein Bad nehmen, wie es vorgeschrieben und segensreich ist.

Wir standen am Ufer und hatten uns bereits ausgekleidet, als der Yogi innehielt.

Der Yogi besaß nicht so ein einfaches Almosengefäß, wie ich eines habe. Das seine war eine kostbare Kupferschale, die einst einem noch größeren Yogi gehörte, als er selber einer war.

'Ich mag sie nicht mit ins Wasser nehmen', sprach er, 'es könnte sein, dass der Spruch sich bewahrheitet und sie mir davongespült wird. Ich will sie hier im Sand vergraben, damit sie mir auch nicht gestohlen wird.'

Und so tat er es. Damit er den Ort aber wiederfinden könnte, häufelte er etwas Sand darüber an.

Das aber hatten die Umstehenden beobachtet. 'Seht mal', riefen sie, 'heute gewinnt man sich besondere Verdienste indem man ein Häufchen macht. Der große Yogi hat es uns vorgegeben.' Und im Nu hatten sich alle ein ebensolches Häuflein errichtet.

Wir hatten das aber gar nicht mitbekommen, weil wir längst im Wasser waren. Als wir das Bad beendet hatten, sahen wir die Bescherung.

Der ganze Strand war mit Sandhäufchen bedeckt.

Der Yogi wollte sich aber nun auf sein gutes Geschick verlassen, vielleicht meinte er auch, sein Häufchen wiedergefunden zu

haben. Jedenfalls trat er ohne Zögern auf eines zu und räumte den Sand beiseite.
Es war aber gar nicht seines, sondern gehörte einer alten Frau, die nun keifend auf ihn zugeschossen kam und ihn wüst beschimpfte.
'Bei allen guten Geistern', rief sie, 'was fällt dir eigentlich ein. Das hätte ich von einem heiligen Mann wie dir nun wahrlich nicht erwartet. Du zerstörst mein seliges Verdienst. Wirst du wohl sofort davon ablassen!'
Der arme Yogi ergab sich in sein Schicksal, richtete das Häuflein der alten Frau wieder her, und sprach: 'Alles in die Strömung gefallene wird vom Fluss davongetragen.'
"Wie?", ruf ich, weil, da war ich jetzt aber ganz schön enttäuscht, "Und das soll ein Heiliger Spruch gewesen sein? Das ist alles?"
"Eigentlich ist immer alles ganz einfach."
"Es sei denn, dass man zur falschen Zeit am falschen Ort sein Häufchen macht."
Was haben wir gelacht ...

So verging die Zeit. Und Shakti trabte unverwandt voran und schüttelte den Kopf und schlenkerte mit ihren Ohren.

Wir waren schon fast aus dem Dschungel heraus, der Baumbestand lichtete sich zur Ebene hin, da sahen wir die Tiger unter einem großen weitschattigen Banyanbaum sitzen.
Als wir näher herangeritten kamen, bemerkten wir, dass Boo immer noch bei ihnen war. Die schaukelte sich gemütlich von einem Ast herab, und alle fünf schienen sich köstlich zu amüsieren.
"Warte mal", sag ich zu Amira, "ich müsste mal ein paar Worte mit Melina wechseln."

"Melina, ich hab vor zu feiern. Big Party sozusagen. Hast du nicht Lust zum Fest zu kommen? Bring deine Kinder mit, und Indra ist natürlich auch eingeladen."
Melina fing an zu lachen.
"Das mach ich gerne. Wir haben uns gerade darüber unterhalten.
Aber, wie sag ich immer, und es hat sich gerade wieder bewahrheitet: sobald du die Gedanken im Kopf trägst, sind sie im Herzen."
"Wieso, woher wusstest du es überhaupt?"
"Vorhin war Moo hier, und sie wusste allerhand zu erzählen."
Aha, die Buschtrommeln funktionieren ja immer noch gut.
"Hör mal, Boo. Setz dich mal mit Gautam in Verbindung. Ihr könntet irgendwas Geniales veranstalten. Immer nur im Korb tänzeln, ist auch nicht so der Bringer.
Hast du nichts anderes drauf? Könntest du nicht zum Beispiel mal ein Ringkämpfchen mit Moo veranstalten.
So ein Fake-Würgen. Das wär mal was.
Oder, wer schluckt den längsten Stock, oder so.
Weil, ein Elefant wurde ja schon verschluckt. Vor langer Zeit.

Aber das war cool.
Du könntest ja auch Magar verschlucken. Natürlich wieder rauswürgen. Er soll ja nicht sterben. Aber ein bisschen die Luft anhalten, müsste er doch schaffen, oder? Er schmeckt dann auch ausnahmsweise nicht faulig. Er hat nämlich seine Zähne geputzt."
Amira beginnt zu lachen. Shakti, die beim Stichwort Elefant leicht nervös schien, lacht nun befreit mit.
"Neeee, ist nichtssss für mich", Boo verdreht die Augen. "Ich hab eine Grünspan Allergie."
"Quatsch, sowas gibt es gar nicht. Aber gut. Wie wäre es stattdessen mit Woopy?
Er würde sich als Silhouette auch gut machen."
"Och nee", lässt sich da Melina vernehmen. "Woopy gehört uns."
Da bin ich aber erstaunt.
Wie meint sie das denn? Da geht wohl der Tiger mit ihr durch.
"Nix da, Woopy ist keine Beute. Er steht unter meinem persönlichen Schutz. Und ich dachte, du magst ihn auch. Also wirklich."
"Nein, nicht wie du denkst.
Aber meine beiden süßen Kleinen haben sich ein Spiel ausgedacht.

Beutelspringen.
Mit möglichst wenig Sprüngen in Woopys Beutel landen.
Cool, was???"
"Aber hallo! Very cool! Sozusagen obercool."
Also, ich muss schon sagen. Auf sowas wär ich nie gekommen. Große Klasse. Kein Wunder, dass Tiger verehrt werden.
"Weiß Woopy schon Bescheid?"

Melina lacht. "Nee. Der ahnt noch nichts von seinem Glück. Aber du weißt doch, er ist ein cooler Typ. Und außerdem gehört er schon fast zur Familie. So eine gemeinsame Gefangenschaft verbindet. Und er hat uns die ganze Zeit Mut gemacht und bei Laune gehalten. Das vergesse ich ihm nie."
Ach, was hat sie doch für eine große Seele, die Tigerin. Was für ein Gewinn für unseren Dschungel. Wir werden bestimmt gute Freundinnen werden.
Da fällt mir etwas ein ...
"Sag mal, Melina, ihr seid doch weit herumgekommen, habt ihr da mal was von drei Goldschakalen gehört?"
"Also, Schakalen sind wir genug begegnet. Das ist ja aber auch kein Wunder. Du aber meinst bestimmt etwas besonderes, eine Geschichte vielleicht?"
"Eine Geschichte ... ja, das könnte es sein. Weißt du denn eine?"
"Ich habe mal eine gehört, vor langer Zeit, eine Geschichte aus dem fernen Sind, wo es eine Wüste gibt, und Löwen, ein Löwe spielt auch eine Rolle in der Geschichte, und zwei Schakale, ich glaube, es waren nur zwei, oder - halt, nein, dann sind noch drei weitere hinzugekommen, die waren aber

eigentlich gar nicht wirklich da, ja, siehst du, ich bekomme es nicht mehr richtig zusammen ..."
"Und Prinzen? Ist denn von Prinzen die Rede gewesen?"
Melina legte ihre Stirn in Falten.
"Nein. Von Prinzen hörte ich nichts. Aber weißt du was? Ihr reitet doch in die Stadt, und da gibt es Märchenerzähler, die frag doch einfach mal danach."
Was Tiger doch schlau sein können! Und Tigerinnen sowieso.
Ein Märchenerzähler. Na Logo! So ein top professioneller Märchenonkel. Einer, der mindestens noch dreimal mehr zu erzählen hatte als die Beos und Gautam zusammen. Die waren doch Märchenerzähler mehr so im Nebenberuf. Nein, nein, so ein Richtiger musste es sein. Ururalt, mit einem langen grauen Bart, und blind, unbedingt blind, und ein kleines Mädchen würde ihn führen, seine Ururenkelin, die zwischendurch auch die Schale herumreicht, und die Zuhörer würden kleine Münzen hineinwerfen und manche auch etwas zum Essen.
Und er würde alles wissen. Alles.
So. Nun ist aber höchste Eisenbahn. Schluss mit Rumgeträume und Rumgetrödel.
"Melina, ich muss dann mal wieder ..."

"Viel Erfolg bei der Suche. Und viel Spaß in der Stadt."
"Ja, danke. Den werden wir haben. Wir sehen uns."
Und noch einen Blick in die Runde geworfen, die Kleinen durchgewuschelt.
Indra Khan grinst schon wieder.
Boo sowieso. Aber die kann ja gar nicht anders. Grünspanallergie ... tze, tze ...

Amira scheint mich gar nicht vermisst zu haben. Die ist voll die Kontemplation. Hält die Augen geschlossen und rührt sich nicht vom Fleck.
Also mein Ding wär das ja nicht.
Shakti reicht mir den linken Fuß und hebt mich zu ihrem Rücken hinauf.
"Manchmal rätselt der Kopf noch, und die Füße wissen es bereits." Amira spricht ohne die Augen geöffnet zu haben.
"Ist das schon wieder so ein kluger Spruch?"
"Du denkst und denkst, dabei steht die Lösung bereits vor dir, du stolperst regelrecht darüber hinweg."
"Du meinst, über die drei Goldschakale?"
"Direkt in die Arme des Prinzen."
Nun müssen wir beide lachen.
Und uns ganz doll in die Arme nehmen.

Amira ist aber auch zu süß. Die allerallerbeste Freundin von der Welt.
"Shakti! Wir steuern den Ganesha-Tempel an. Du weißt Bescheid?"
Shakti gibt ein lautes Trompetensignal.
Natürlich weiß sie Bescheid. Zum Ganesha-Tempel gehört nämlich ein wunderschöner Park. Das ist der weltberühmte Elefantenpark. Den kennt jeder. Weil sich dort die Elefanten der ganzen Gegend versammeln.
Da wird Shakti ihre Tanten und Schwestern treffen, und, wer weiß, vielleicht wartet ja ein netter Elefantenbulle auf sie. Mit dem sie den ganzen Tag lang flirten kann.
So ein Elefantenpark ist nicht nur Wellnessoase sondern auch Tanztee für einsame Elefantenherzen. Shakti wird es bestimmt genießen.
Sie legt direkt noch einen Zahn zu.
So macht man aus einer Elefantenstärke eine hoch zwei.
Da brauch ich gar nicht den schlauen Meister Li zu befragen, um zu wissen, was das bedeutet.
Viel Wind in meinem Haar.
Ich setz die Sonnenbrille auf. Das kommt cool hoch drei, wenn wir in die Stadt einreiten.

In der Stadt

In der Stadt angekommen.
Und direkt zum Rathaus hin. Dort gibt es ein Untertanenmeldeamt.
Mal sehen, ob es einen professionellen Märchenerzähler in der Stadt gibt.
Tatsächlich. Godevi heisst er. Und ist uralt.
Seine Adresse schreibt mir ein Bediensteter auf.
Dann aber nichts wie hin. Und wir finden ihn auf Anhieb.

Godevi steht mit verschränkten Armen vor seiner Behausung.
Auf seiner Schulter sitzt ein Papagei. Der hält ein wunderschönes, reich verziertes goldenes Büchlein im Schnabel.
Er nickt uns zu.
Und wie ich mir einen Märchenerzähler vorgestellt habe, sieht er aus.
Klein und versponnen. Blind ist er nicht. Ist aber auch besser. Sieht er wenigstens meine Schönheit und meine coole Sonnenbrille.
Er bittet mich und Amira in seine Hütte.
Drinnen ist es dunkel.
Ein leise Musik stimmt uns ein. Jetzt zündet Godevi Räucherstäbchen an und

schwenkt sie. Ein orientalischer Wohlgeruch verbreitet sich.
Auf dem Boden liegen samtene Sitzkissen.
In der Ecke steht eine große Pflanze. Darin sitzen Vögel. Dorthin fliegt jetzt der Papagei. Das goldene Büchlein hat er auf dem Boden abgelegt.
Godevi bereitet Tee für uns.
Wir lassen uns auf den Kissen nieder und genießen den wohlschmeckenden Tee.
"Ich bcginne", sagt Godevi. Und selbst die Vögel halten die Luft an.
Alles ist still.

Prinz Keanu

In einer Stadt wohnte ein König mit dem Namen Rhadawar. Er war ein mächtiger Mann mit großem Reichtum.
Seine Untertanen liebten ihn, weil er gerecht und weise war.
Er lebte mit Frau und Kind in einem Schloss. Das war sehr weitläufig. Um von einem zum anderen Ende zu gelangen musste man mindestens elftausend Schritte tun.
Das war natürlich allerhand. Und so kam es, dass der König sein Schloss immer mehr

aus dem Blick verlor, weil er keine Lust hatte viel zu laufen.
Seine Frau dagegen, die sehr fleißig war, rannte sich von morgens bis abends die Hacken ab, damit sie die ganzen Gemächer kontrollieren konnte.
Sie hatten viel Personal. Aber konnte man sich wirklich auf alle verlassen?
Vor allem das Küchenpersonal erlaubte sich manche Schnitzer.
Der verantwortliche Koch war ein Meister in der Reiszubereitung. Biryani mit Basmati Reis gelang ihm mehr als vorzüglich.
Die Kartoffeln wurden jedoch regelmäßig zu dick geschält. Wenn die Königin das sah, schlug sie die Hände über dem Kopf zusammen.
"Was soll nur werden aus solchen Verschwendern", rief sie dann.
Sie kaufte Sparschäler auf dem gut sortierten Wochenmarkt. Doch sie wurden nicht benutzt.
"Soviel wertvolle Vitamine gehen verloren", jammerte sie. Aber es half nichts.
Wenn sie ihrem Gemahl davon berichtete, sagte der nur: " Ach, geliebtes Weib, deine Mühe wird dir nichts einbringen. Denn

gegen Dummheit kämpfen Götter selbst vergebens."
Eines Tages kam Keanu ihr Sohn von der Schule nach Hause. Er war bereits in der Oberstufe.
"Mama", rief er. "Mit den Kartoffelschalen kann man einen Wolf füttern! Und deshalb möchte ich auf der Stelle einen Wolf haben."
Seine Mutter schüttelte den Kopf.
"Das würde aber den Schakalen nicht gefallen. Deshalb erlaube ich hier keinen Wolf."
Keanu war traurig. Es wurde ihm sein sehnlichster Wunsch nicht erfüllt.
Er nahm sich vor auszureißen, und auf eigene Faust wollte er sich dann einen Wolf beschaffen.
Er schlich sich eines Abends aus dem Palast und machte sich auf den Weg in den Dschungel.
Er hatte aber zuvor dem Koch ein Bananenblatt gestohlen. Darauf sollte das Essen angerichtet werden.
Keanu hatte es genommen, weil es gut bei Verletzungen war. Man legte es auf Wunden, dass sie schneller heilen.
Maja, eine böse Zauberin, war sehr sauer auf den König Rhadawar.
Er war nämlich nicht auf sie hereingefallen.

Sie wusste von seiner Bewegungsunlust, und hatte sich in den Palast geschlichen, und den König abgepasst.
Sie hatte ein paar Rollschuhe dabei. Die wollte sie ihm verkaufen.
Einhundertdreizehn Goldtaler wollte sie dafür. In Wirklichkeit waren sie nur zwei Goldtaler wert. Weil man die Schuhgröße nicht verändern konnte.
Rhadawar hatte einen Probelauf absolvieren wollen, war aber gleich gestürzt, weil die Schuhe nicht die richtige Größe hatten.
Sein Hofschuhmacher hätte das zwar ändern können, jedoch war er ob seines Sturzes dermaßen verärgert, dass er Maja hinauswerfen ließ.
"Und eine Halsabschneiderin bist du auch. Bleib mir bloß aus den Augen", rief er ihr wütend nach.
Das wird er mir büßen, hatte Maja sich vorgenommen.
Sie hatte gesehen, wie sich Keanu aus dem Palast schlich, und lauerte ihm auf.
Da sie eine Zauberin war, wusste sie natürlich, dass Keanu in den Dschungel wollte.
"Heh du", rief sie. Ich biete dir Rollschuhe an. Damit bist du schneller. Und kannst im

Dschungel allen Feinden davonlaufen. Als Entschädigung gib mir dein Bananenblatt." Sie hatte nämlich eine große Blase an der Ferse. Vom vielen Laufen in nicht richtig sitzenden Schuhen. Die trug sie nur, weil sie so schön aussahen.
Keanu wollte aber die Rollschuhe nicht. Weil es im Dschungel keine rollschuh-geeigneten Wege gibt, bei den vielen Lianen, die dort herumliegen.
"Was", rief Maja, "du willst sie nicht? Dann wirst du sehen, was du davon hast!"
Und sie verwandelte Keanu in einen Wolf.
"Erst wenn dich drei GoldSchakalinnen geküsst haben, wird aus dir wieder ein Prinz."
Aus Keanu war ein wunderschöner Wolf geworden.
Der lebt allerdings heute noch in den Wäldern.
Zwei GoldSchakalinnen haben ihn schon geküsst.
Jetzt wartet er auf die dritte.
Godevi steht auf und verbeugt sich viermal. In jede Himmelsrichtung.

Sha Rukh

Ja. Super. Also, eigentlich gehört sich das ja nicht. Dass mein Gemahl fremde, dahergelaufene Goldschakalinnen küsst. Denn dass er mein Gemahl sein wird, das habe ich soeben beschlossen.
Na ja, na gut - diese eine noch. Das muss ja wohl sein. Aber keinesfalls auf Zunge. Das werde ich zu verhindern wissen. Das werde ich persönlich überwachen.
Wie Schakalsküsse wohl schmecken?
Alsooo - eklig jedenfalls.
Das ist ja so, als wollte ich einen Geier küssen.
Nee, nie, keinesfalls ...
Aasgeschmack. Wer weiß, was die zuletzt gefressen haben? Halbvermoderte Fledermäuse.
Nee, nie ... Iiiiih!
Alsooo - wenn er sich verwandelt hat, dann muss er sich erstmal den Mund mit Meridol ausspülen. Darauf bestehe ich.
Dann darf er. Aber erst dann.
Aber erstmal können vor Lachen. So weit sind wir noch nicht. Noch lange nicht.
Oder? Ist da nicht etwas? Irgendetwas ist da. Wie ein Rauschen in der Luft. Als ob etwas auf einer Wolke geflogen käme.

Merken die anderen denn nichts? Amira? Godevi?
Doch. Doch, Godevi hat seine Verbeugungen Verbeugungen sein lassen. Und Amira schnuppert so mit ihrem Näschen. Als ob sie Witterung aufnehmen wollte. Natürlich, so eine Sannyasi, die merkt das doch noch mehr als ich.
"Godevi, es war mir eine Ehre und ein Vergnügen, doch ich fürchte, wir müssen uns jetzt verabschieden ..."
"Ich verstehe, hochverehrte Prinzessin, manchmal werden Märchen wahr ..."
"Ich will es hoffen, mein Lieber. Und wenn, dann bist du zu meiner Hochzeit eingeladen. Du, und deine ganze Familie."
"Komm", drängte Amira, "komm, sonst vergeht es wieder ..."
"Wohin?"
"Nach draußen natürlich. Aber beeil dich ..."
Draußen.
Die Sonne, die Welt, die Straße.
Die Straße ...
Aber was heißt das schon. Von Straße ist nicht viel zu sehen. Alles dicht gedrängt. Hausfrauen, Kinder und Brahmanen.
Köpfe, Gesichter, Körper, Menschen.
Ziegen, Mungos, heilige Kühe.
Es geht auf und nieder, auf und nieder.

Hausierer, Bettler, Taschendiebe.
Ein einziges Gewoge und Geschiebe.
"Wo? Wo?"
Ich schaue die Straße entlang.
"Dort drüben. Dort in dem Gewürzgarten. Dort muss es sein."
Wir drängeln und schieben uns durch die Menge.
Eine Mauer. Ein kleines Türchen. Ein Eisentürchen. Es knarrt beim Öffnen.
Ein Blick nach rechts. Ein Blick nach links. Wir hinein.
Ah! Was für ein betörender Duft!
Zimt und Nelken. Kardamom und Vanilleschoten.
Ich bebe. Ich schauere. Ich höre den Flügelschlag der Luft. Die Wolke ...
"Da! Sieh doch nur!"
Und ich sehe. Ich sehe den kleinen Jungen, der zwei Leinen, oder vielmehr zwei Schnüre in Händen hält. Eine dickere und eine dünne. Und an der dünnen führt er einen großen schwarzen Skorpion spazieren, und an der dickeren einen Schakal.
Das heißt - und da hätte ich jetzt gar nicht das Rauschen in der Luft gebraucht - eine Goldschakalin natürlich, was denn sonst!
Aber der große schwarze Skorpion ist obergruselig und zum Fürchten.

Amira sieht das natürlich ganz anders. Die beugt sich herab und streichelt nicht etwa die, ich muss es ja zugeben, niedliche kleine Schakalin, sondern den Skorpion.
"Wie heißt du denn", fragt sie den Jungen, "und was machst du hier?"
"Mein Name ist Sha Rukh, und ich führe die Tiere meiner Herrin spazieren."
"Und deine Herrin ist ...", fragt Amira weiter, während sie immer noch dem Skorpion um den Stachel geht.
"Die große Zauberin Maja, deren Sklave ich bin."
Da bin ich aber jetzt hellwach. Obwohl mich Amira ganz nervös macht mit ihrem Skorpionsbegrapsche.
"Hör mal", frag ich sie, "hast du denn keine Angst, dass der dich stechen könnte."
"Aber nicht die Spur. Weißt du, so ein Skorpion braucht sehr viel Liebe."
Na schön. Wenn sie meint.
"Und diese Zauberin", will ich jetzt von Sha Rukh wissen, "bist du denn gerne bei der?"
"Nein, ich hasse sie. Sie schlägt mich andauernd ...", und da kommen dem armen Kerlchen doch glatt die Tränen, "aber sie hat gedroht, dass sie meine Mutter in eine Antilope verwandeln würde, wenn ich nicht ihr Sklave sein würde."

"Na, im Verwandeln, da scheint sie ja groß drin zu sein. Aber damit ist jetzt Schluss. Ich erkläre dich hiermit für befreit. Und ich werde dich zu meinem ersten Tierpfleger machen. Damit kennst du dich ja wohl aus."
Der arme kleine Kerl schluchzt immer noch und immer lauter.
"Hör mal", sag ich zu Amira, "findest du das nicht auch merkwürdig, dass ausgerechnet jetzt diese Zauberin Maja hier aufkreuzt. Und dazu noch eine Goldschakalin. Weißt du was? Ich glaube, dass am Ende auch der verzauberte Prinz Keanu nicht weit sein kann."
"Und ich fürchte, dass es genau darum eine Falle sein könnte. Ich verstehe nur nicht wie und warum, und das bereitet mir nicht wenig Kopfzerbrechen."
Ja, verdammte Kiste nochmal, da hat sie recht. Ich meine, so eine Goldschakalin wie auf dem Silbertablett serviert. Da stimmt was nicht. Und ich schau mich um.
Und in der Luft, da ist ein Rauschen und ein Flimmern ...

Küsse

Was konnte das sein. Es kam immer näher. Als würde die Wolke sich öffnen und aus ihr lauter Konfettigefunkel fallen.
Ein wunderschöner Wolf steht da. Es kann nur Keanu sein.
Mir zittern die Beine beim Blick in seine schönen blauen Augen.
Und auch er hat sich sofort in mich verliebt. Das kann ich deutlich, sehr deutlich sogar an seinem Blick erkennen.
"Amira", flüstere ich, "Amira, ich bin sowas von hin und weg. Ist er nicht wunderschön?"
Was hat Keanu auf einmal? Er dreht sich um und sieht mich an, wendet erneut den Kopf. So betrübt sieht er aus.
Kein Wunder. Ein gräßliches Lachen ertönt. Und eine klirrende Stimme überschlägt sich fast.
"Hihi, was seid ihr alle dumm. Dumm wie Bohnenstroh heißt es in alten Märchen.
Nur ihr übertrefft die Dummheit noch.
Ihr seid so dösig, wie Sha Rukh und alle seine Geschwister zusammen.
Mich, die große Zauberin Maja, übertölpelt man nicht so leicht.
Ich habe ein kleines Handicap in die Befreiungsaktion eingebaut.

Bevor Keanu die Goldschakalin küsst, muss er die Prinzessin dazu bringen, den Skorpion zu küssen.
Sonst - sonst wird Sha Rukh es büßen.
Ich werde seine Mutter in ein Faultier verwandeln.
Merke! Nur wer Skorpione küsst darf Prinzen verführen!"
Ihr schrilles Hihi wirft mindestens dreiunddreißig Echos ...
Sha Rukh beginnt schon wieder zu weinen.
"Du bist eine Lügnerin. Es sollte doch eine Antilope sein. Das ist richtig fies von dir. Dass du jetzt einfach ein anderes Tier nimmst.
Und außerdem", weiter kommt er nicht.
Maja nimmt ihren Nimbus 3333 und fuchtelt ihm vor der Nase rum.
"Pass bloß auf", schräpelt sie, " sonst wirst du ein Quaffel im Quidditch Spiel!"
Sha Rukh hört augenblicklich auf zu meckern.
Wer will schon als Lederball durch die Luft fliegen?
Amira sieht mich aufmunternd an.
"Iiiiiieh! Ich will ihn nicht küssen! Ich wüsste auch gar nicht wohin genau.
Was ist, wenn er mich sticht und womöglich beißt?
Und Keanu, was ich noch sagen wollte.

Wenn ich schon so was auf mich nehme, nur dass du zurückverwandelt wirst, hab ich auch meine Bedingungen."
Keanu, der arme Kerl steht da und sieht mich betrübt an.
Das kann er sich auch gleich wieder abgewöhnen. Er soll mich vor Skorpionküssen bewahren. Und nicht traurig aus der Wäsche gucken.
"Wie gesagt, Keanu, meine Bedingungen. Nur dass du's weißt.
Es wird nicht auf Zunge geküsst. Auf keinen Fall. Erst später.
Also ich meine, später bei mir ja. Aber vorher beim Schakal auf keinen Fall.
Und Meridol nach dem Schakalkuss. Mindestens dreimal."
Jetzt guckt er irgendwie etwas unverschämt.
Er sieht aus, als ob er grinst. Na warte.
Aber was er für schöne Augen hat.
Überhaupt, wie er wohl als Prinz Keanu aussieht, der schöne Wolf.....
So, Schluss jetzt.
Ich werde den Skorpion küssen, und dann küsst Keanu leider leider diese Schakalin.
Aber dann ist es soweit.
Dann ist endlich mein Traum in Erfüllung gegangen.

"Amira, sei so gut, und mach mir mal vor, wie man einen Skorpion küsst.
Du kennst dich ja aus mit diesen gröggeligen Ungeheuern."
Amira beugt sich zu ihm hinunter, und tatsächlich. Sie küsst ihn. Bäääh.
"Du schmatzt ja sogar dabei, also das mach ich nicht. Ich tüscher nur."
Maja sieht richtig schadenfroh aus. Sie rechnet wohl nicht damit, dass ich es mache. Diese fiese Hexe wird sich wundern.
Es ist soweit.
Ich beuge mich hinunter, und iiiiiieh, er kommt mir sogar entgegen mit seinem Mund.
Puuuh, es ist geschafft. Und ich lebe noch.
So, jetzt Keanu.
Und diese hinterlistige Schakalin. Wie ich sie hasse. Schleicht sich zu ihm und sieht ihm unverwandt in die Augen dabei.
Und Keanu sieht kurz zu mir rüber. Ich mache ein verführerisches Gesicht und klimpere mit den Augen.
Dass er sieht, wer schöner ist. Und er wird von ihr geküsst.
Und ehe ich vor Wut platzen kann, falle ich fast in Ohnmacht.
Es rauscht. Es flimmert. Es fallen Sternschnuppen vom Himmel.

Es ist ein Strahlen in der Luft. Alle Wolken tragen pinke Seidentücher.
Lange regenbogenfarbige Bänder hängen am Himmel.
Der Wolf hat sein Fell abgestreift.
Blaue Augen in einem unvergleichlich schönen Gesicht.
Ein edler Prinz in reichem Gewand steht vor mir.
Göttergleich. Das trifft es. Ein junger Gott.
Wir sehen uns an.
Und küssen uns.
Und küssen uns.
Und küssen uns. Diesmal auf Zunge.
Und ohne Meridol vorher...

Eine Nähmaschine, eine Waschmaschine, ein ...

Die Zauberin Maja kocht vor Wut.
Und wie immer, wenn sie vor Wut kocht, verwandelt sie sich in eine Nähmaschine.
"Kacke!!! Das werdet ihr mir büßen!"

Ich habe das gehört. Ich habe diese Gefühle aufgenommen.
Wie kann denn eine Nähmaschine denken?
Und fluchen tut sie auch.
Natürlich. Wenn sie doch eigentlich eine Zauberin ist.
Mir ist unheimlich zumute.
"Ich glaube, wir sollten hier verschwinden ..."
Amira hat recht. Vernünftig wie immer.
Ich kann den Blick nicht von der Nähmaschine wenden.
Obwohl sie keinen Muckser mehr tut. Oder gerade darum?
"Knuff mich mal!"
"Ich würde dich viel lieber küssen."
Ach, Keanu! Er ist einfach zu süß!
Also wird geküsst.
"Leute, nee ...", hör ich Amira im Hintergrund murmeln.
Ach! Küssen ist schön. Ich glaube, ich werde mich aufs Küssen spezialisieren.

Ist ja gut, Amira, ist ja gut ...
Die trommelt auf ihrem Schälchen rum.
Die kleine Schakalin fiept ganz kläglich.
Ach du je! Das arme Ding.
Sie wird doch wohl nicht etwa eifersüchtig sein?
Ach, nein. Sie fühlt sich nur einsam und allein.
Du armes kleines Ding. Natürlich kommst du mit.
Sie guckt so zutraulich. Und so süß.
Vielleicht nicht ganz so niedlich wie Lika. Aber die war ja nur so etwas wie ein Traum, ein drittes Gesicht.
"Ach du! Komm her, dann bekommst du auch ein Küsschen von mir ... Sooo - siehst du - nun ist doch alles gut. Und weißt du was? Ich werde dich Susa nennen. Susa. Das ist doch ein hübscher Name. Und er passt zu dir, findest du nicht?"
Die Nähmaschine fängt zu rattern an. Einfach so.
"Können wir dann mal ..."
"Ja, nichts wie weg."
Also raus aus dem Garten.
Keanu nimmt mich bei der Hand.
Händchenhalten ist auch was Schönes.
Ich könnte mich neben dem Küssen auch aufs Händchenhalten spezialisieren.

"Wohin denn jetzt?"
"Shakti abholen, natürlich."
Vernünftig wie immer.

Shakti ist nicht allein. Neben ihr steht ein stattlich großer Bulle und schiebt sich einen Heuhaufen nach dem anderen rein.
"Shakti, Liebes, ich fürchte, wir müssen schon wieder ..."
Der Bulle heißt Hussein und möchte uns gerne begleiten.
Ganz schüchtern fragt er. Ich glaube, wenn Elefanten rot werden könnten, wäre er jetzt puterrot hinter seinen großen Ohren.
Für Shakti gilt das gleiche.
Natürlich darf er mitkommen.
Amira wird auf ihm reiten. Mit ihrem Skorpion. Das ist jetzt ihrer. Ich lege keinen Wert auf diese Sorte Untertanen.
Außerdem sitzt er sowieso die ganze Zeit auf ihrer Schulter und knabbert ihr an den Ohren.
Ihhh! Nee, ich könnte das keine Sekunde lang ertragen.
Auf Shakti reiten Keanu und ich.
Und Susa trabt nebenher.
Wie heißt doch der kluge Spruch, Amira, kennt ihn bestimmt: Zwei Elefanten im Stall bringen Glück, drei bringen Segen.

Oder so ähnlich. Da wird schon was dran sein.

Keanu und ich widmen uns ausgiebig dem Küssen.
Shakti kennt ja den Weg.
Plötzlich kriegt Keanu ganz große Augen.
"Du", sagt er, "ich glaube, da ist eben eine Waschmaschine an uns vorbeigeflogen. Und das Bullauge hat uns bösartig angefunkelt."
"Das wird bestimmt die Zauberin Maja gewesen sein", ruft Amira herüber, "ich fürchte, der Ärger ist noch nicht vorüber."
Also ich finde, eine Waschmaschine kann man immer gebrauchen.
Mir fallen noch so einige Geräte ein.
Nur, falls sie sich eines Tages in einen hübschen kleinen roten Ferrari verwandeln sollte, müsste ich dem Einhalt gebieten. 'Nun ist Schluss!', würde ich rufen, 'Das bleibst du jetzt!' Und mit dem Fuß aufstampfen. Dann bliebe das auch so.
Und die Wilddiebe müssten uns eine Straße bauen. Besonders lang bräuchte sie ja nicht zu sein. Vielleicht fünf Kilometer. Und Keanu und ich würden darauf auf und ab fahren in unserem hübschen kleinen roten Ferrari. Und uns den Wind um die Ohren sausen lassen.

Keanu säße am Steuer. Und manchmal würde ich mich aufrichten und den Untertanen zuwinken. Ach, das wäre schön!

Der letzte Akt

Schön hin, schön her. Wir wollten doch feiern.
Und jetzt wird gefeiert.
Wäre ich nicht die Dschungelprinzessin, wüsste ich gar nicht, was alles auf dem Programm zu stehen hat.
Schließlich sollen meine Untertanen sich rundum vergnügen können.
Hach! Wenn ich weiter überlege, könnte es ja gleichzeitig ein Verlobungsfest sein.
Super praktisch. Da könnten sich alle mal feine Mitbringsel einfallen lassen.
Und ich sitze mit Keanu auf einer Schaukel im alten Affenbrotbaum.
Alle Geschenke liegen schön drapiert unterm Baum. Ab und zu springe ich von der Schaukel. Immer dann, wenn ein Geschenk besonders interessant zu sein verspricht, sehe ich es mir aus der Nähe an. Und da es ja hunderte von Geschenken sind, was sag ich, tausende werden es sein, ist es nur gut, dass Hussein mit dabei ist. Er kann sich mit Shakti die Last teilen. Denn abends will ich alle Geschenke im Palast haben. Das ist ja klar.
"Keanu, was denkst du. Ich finde, wir könnten uns auf dem Fest offiziell verloben.

Also, natürlich musst du mir zuvor die Frage stellen. Du weißt schon. Und ich werde ganz überrascht sein von deinem Ansinnen."
Keanu sieht mich ganz verliebt an.
"Du nimmst mir die Worte aus dem Mund, meine Geliebte. Nichts ist sehnlicher als mein Wunsch, dich zu besitzen."
Ohhh, bei allen Göttern, wie schön er sich auszudrücken weiß.
Da gibt es nur eins. Wir küssen uns. Und so dürfte es immer weitergehen. Finde ich. Finden wir.
"Wir sind jetzt also verlobt, oder?" Ich schaue Keanu fragend an.
"Ja, das sind wir."
Gut, er hätte es schon feierlicher machen können.
Aber in der Eile geht es eben nicht anders.
Was denn jetzt? Ach, ist er süß.
Keanu hat aus einem gedrehten Lianenast ein Stück herausgebrochen.
Und hat dieses Stück auf meinen Ringfinger geschoben.
Und noch ein Stück bricht er ab, und schiebt es sich auf seinen Ringfinger.
Mir kommen fast die Tränen vor Glück.
So viel Romantik. Ach, ist das schön.
Solche Verlobungsringe hat kein anderer.
Vor Freude klatsche ich in die Hände.

Gautam hat das Klatschen gehört. Und so ein weiser Fakir hat natürlich sofort den Durchblick. Er holt seine silberne Pfeife und spielt ein wunderschönes Lied.
Sushi, die in seiner Nähe ist, wird ganz rot. Sie flüstert ihm was zu. Gautam nickt. Und spielt weiter.
Sushi beginnt zu tanzen. Und wie bestellt, taucht auch Moo mit ihrem Clan auf.
Sie bewegen sich im Takt, und sowas von anmutig.
Boo scheint nichts mitbekommen zu haben.
Doch, halt.
Ist sie es? Tatsächlich. Kommt wie zufällig dahergetänzelt und neben ihr Susa.
Die trägt ein großes Schild im Maul.
"Mir könnt ihr nichts weismachen", zischelt Boo. "Ich habe alles mitangehört."
Und sie streckt mir tatsächlich die Zunge heraus.
"Aber Susa, die Gute, hat gemacht, was ich ihr geflüstert habe. Zeig mal das Schild."
Boo dreht sich zu Susa.
Die hebt das Schild nun mit den Pfoten hoch.
Auf dem Schild sieht man Keanu und mich, die Prinzessin. Ich halte einen Apfel in der Hand. Und Keanu und ich sind mit Feigenblättern bekleidet.

Und Boo ist darauf zu sehen. Grinsend.

Als Überschrift steht da:

Verführung im Serail

Komische Oper in drei Akten
Erstaufführung

Mitwirkende

Die Prinzessin
Der Prinz
Gautam, der Fakir
Amira, eine Sannyasi
Sushila, eine Sklavin
Maja, eine Zauberin
Godevi, Märchenerzähler
Meister Li, Großmeister der Feuerwerkskunst

Boo
Moo und ihre Familie
Shakti
Hussein
Susa

Indra Khan
Melina
Magar
Woopy

und viele andere

Unterhaltung und Verpflegung für ALLE

Prinz Keanu an die Prinzessin

Es ist der Duft von Sandelholz
der mich betört
Nachts
unter dem silberflügeligen Mond
der spiegelt sich
in deinen Augen wider
während die Schlangen
in den Pipal-Bäumen zischeln
die Affen durch deren Zweige huschen

ein Blatt fällt dir auf die Schulter
ich flüstere ein heiliges Aum
und küsse deine Haut ringsum
die atmet leise mir
und duftet nach Elemi und Zimt
oh Mutter der Düfte
Schwestern der Liebe
mir

der ich dich liebe
so sehr
und dein Mund
der von Ambra tropft
und der Seligkeit
klarer Bäche
die strömen mir entgegen
tausend Nächte
und mehr

Die Prinzessin an Prinz Keanu

Ein Blick in deine schönen Augen
wenn deine Hand die meine hält
dein Mund mir nahe kommt
und mein Gesicht berührt
dein Duft mich streift
und ich nicht weiß
ob Vetiver oder die Zeder
mich mehr verwirrt
ich mag dein Haar
wie es mich kitzelt
die Augenbrauen
widerspenstig
und weißt du was
das Sonnenlicht ist
heller noch geworden
dafür hast du gesorgt
das weiß ich ja
weil auch die Sonne
ganz verzaubert ist
von dir
wenn du mich küsst
werd ich ganz schwach
und wünsche mir
du lässt mich nie mehr los
dass ich dich weiterlieben kann
für mehr als tausend Nächte
mit dir im weichen Moos

die Sterne funkeln über uns
der Mond kann nur noch staunen
und hängt am Himmel
riesengroß

Mit Illustrationen von Eike M. Falk